dtv

Er heißt Dick Olsson und ist erfolgreicher Werbefachmann in Austin, Texas. Sie nennt sich Eleonora und kommt zweimal die Woche in seine Villa zum Putzen. Obwohl Eleonora nicht eigentlich schön ist, fühlt Olsson sich doch auf eigenartige Weise zu ihr hingezogen. Doch gerade als er eine Liebschaft mit ihr beginnt, erhält er die Nachricht, daß seine Mutter in Stockholm gestorben ist. Außerdem steht ein wichtiger Beraterauftrag an: Eine ehemalige sowjetische Teilrepublik braucht seinen Beistand, um auf ihre prekäre Lage aufmerksam zu machen. Also begibt er sich auf Europareise. Dabei geht ihm Eleonora nicht aus dem Sinn. Wird sie bei seiner Rückkehr in der Villa auf ihn warten? – Lars Gustafssons Roman ist eine Liebeserklärung an die raren Augenblicke der Liebe, die es nicht zu verschwenden gilt. »›Geheimnisse zwischen Liebenden‹ ersetzt eine mittlere Bibliothek zeitdiagnostischer Werke ... selten hat man so gewichtige Themen so leicht, klug und entspannt erzählt gefunden wie hier.« (Andreas Breitenstein in der ›Neuen Zürcher Zeitung‹)

Lars Gustafsson, Lyriker, Philosoph und Romancier, wurde am 17. Mai 1936 in Västerås/Mittelschweden geboren. Nach Studium in Oxford und Uppsala 1961 Promotion zum Dr. phil. 1979 Habilitation. Er lebt heute in Austin/Texas.

Lars Gustafsson

Geheimnisse zwischen Liebenden

Roman

Aus dem Schwedischen
von Verena Reichel

Deutscher Taschenbuch Verlag

Ungekürzte Ausgabe
Februar 2000
2. Auflage August 2001
Deutscher Taschenbuch Verlag GmbH & Co. KG,
München
www.dtv.de

Titel der schwedischen Originalausgabe:
›Tjänarinnan. En kärleksroman‹
(Natur och Kultur, Stockholm)

Umschlagkonzept: Balk & Brumshagen
Umschlagbild: ›Blue Diner With Figures‹
(1981, Oil on canvas, 48 x 62½") von Ralph Goings
Gesamtherstellung: Druckerei C. H. Beck, Nördlingen
Gedruckt auf säurefreiem, chlorfrei gebleichtem Papier
Printed in Germany · ISBN 3-423-12733-3

»Everything is water, if you look long enough.«

Robert Creeley: *Just Friends*

»Bei Zimmertemperatur kann man Glas als Flüssigkeit mit sehr hoher Viskosität betrachten.«

Nationalencyklopedin: *Glas*

Und endlich, nach Jahren, passierte etwas völlig Überraschendes.

Manchmal genügt eine winzige Veränderung. Sie verbreitet sich in dem ganzen großen Netz von Erinnerungen und Gewohnheiten. Das einen Menschen ausmacht. Unaufhaltsam. Und verändert ein ganzes Leben. Und das ganze Bild davon, wie ein Leben aussah. Nichts bleibt bestehen. Die wirkliche Welt hat keine Erinnerungen. Sie kommt ohne Beschriftung.

Die eifrigen und starken, sehr schmalen Finger der kolumbianischen Putzfrau, als sie das edle Päckchen mit Parfum öffnete – ein Geschenk, das Dick Olsson, um ihr eine Freude zu machen, vor dreizehn Tagen aus Paris mitgebracht und dann in seiner Bar vergessen hatte –, erinnerten ihn lebhaft an etwas.

Eigentlich wäre nichts von alldem passiert, hätte Dick nicht diesen großen Streit mit Doktor Carpendet gehabt. Normalerweise war er kaum je zu Hause, wenn die Putzfrau kam, und er sah sie auch nie verschwinden. Sie kam immer montags und freitags. Tage, an denen Dick selten zu Hause war. Er legte seine Reisen mit Vorliebe auf verlängerte Wochenenden. Und es waren viele. Er frühstückte fast nie zu Hause, sondern unten im Sweetish Hill, wo er verlorene Eier bekam und die *New York Times* aus dem Automaten ziehen konnte. Der Kaffee dort war besser, als er ihn selbst hätte machen können. Und es gab da einige ältere Herren, vor allem Politiker, aber auch Geschäftsleute, welche die gleichen bequemen, ein wenig lässigen Morgengewohnheiten hatten. Oder wirkten sie vielleicht nur lässig und bequem? Es waren wertvolle Kontakte. Manchmal. Manchmal auch nur langweilig. Um 8.30 Uhr war er zu Doktor Carpendet gefahren und hatte beim Eintreten festgestellt, daß eine neue Dame am Empfang saß. Sie mißfiel ihm auf Anhieb. Sie telefonierte, als er an die Theke trat. Als er etwas zu ihr sagte, bat sie ihn ziemlich barsch, sie nicht zu stören.

Dick war es nicht gewöhnt, auf diese Art behandelt zu werden. Sie war eine ziemlich aufgetakelte Dame mit strohigen blondierten Haaren und einer hochroten Gesichtsfarbe, die Dick automatisch mit Alkoholismus in Zusammenhang brachte. Warum ausgerechnet solche Damen immer am Empfang landeten, war ihm ein Rätsel.

Es dauerte eine geraume Weile, bis sie ihr Telefongespräch beendet hatte, und als Dick erneut an die Theke trat, um sein Anliegen vorzubringen – er brauchte seine jährliche Grippeimpfung, wie immer im Herbst –, schob sie ihm brüsk einen Stapel Formulare hin, die er ausfüllen sollte. Da er diesen Arzt schon seit zehn Jahren konsultierte, schob er das Ganze genauso brüsk zurück und erklärte, er sei wahrlich kein neuer Patient. Er habe all diese Formulare schon vor Jahren ausgefüllt. Die Empfangsdame bestand darauf, sehr rechthaberisch, wie er fand, daß er tun solle, was sie ihm sagte, und Dick verlangte mit hochrotem Kopf den Doktor zu sprechen. Als dieser schließlich nach etwa zwanzig Minuten ins Wartezimmer kam, war Dick derart in Rage, daß er kaum Worte fand. Zu seiner Überraschung ergriff der Doktor sofort die Partei seiner Empfangsdame.

– Sie befolgt nur meine Anweisungen.

Während die anderen Patienten über ihren Zeitungen und Illustrierten die Ohren spitzten, verkündete Dick, in diesem Fall seien das verdammt schlechte Anweisungen. Er ließ den Doktor wissen, in dieser Stadt gäbe es tatsächlich auch noch andere Ärzte. Wie ein Wirbelwind fegte er aus dem Wartezimmer und schlug die Tür hinter sich zu, und es war ein Wunder, daß die Scheibe nicht zerbrach.

Nach diesem merkwürdigen und völlig überraschenden Auftritt hatte er nicht die geringste Lust, in weiteren Wartezimmern herumzusitzen, zumal er kein Frühstück gehabt hatte, sondern fuhr nach Hause. Und in seiner Küche fand er Eleonora, die kolumbianische Putzfrau, die er sonst so selten sah. Die fünfzig Dollar, die sie bekam, lagen unter der Whiskykaraffe in der Bar. Es war keine Kunst zu wissen, ob sie da war. Er erkannte sie stets an ihrem Duft.

Ja, die eifrigen und starken, sehr schmalen Finger dieser Frau, als sie das edle Päckchen mit Parfum aus Paris öffnete, erinnerten ihn an etwas.

Vielleicht an ein Kind. Eifrigkeit kann etwas sehr Attraktives haben. Doch die Kolumbianerin namens Eleonora war wirklich nicht wie die Frauen sonst. Sie hieß nicht einmal Eleonora. Eleonora war ihre Schwester. Eigentlich hieß sie Lucrezia.

Allerdings war sie häßlich. Sie war wirklich häßlich. Sie war sehr häßlich. Aber, hatte er sich stets gesagt, auf eine interessante Art häßlich. Je länger man sie ansah, um so interessanter. Ihr gerades, scharfes Profil mit der langen Nase, die kleinen flachen Brüste (die vielleicht Wärme ausstrahlen mochten; kleine flache Brüste können manchmal eine erstaunliche Wärme ausstrahlen), die Augen, so dunkel wie tiefe schwarze Brunnen in einer alten Wüstenruine. Das alles war eigentlich äußerst interessant, aber er hatte nie die Zeit gehabt, sich damit zu befassen. Und vor diesem strahlend klaren Oktobermorgen hatte er es eigentlich noch nie bemerkt.

Sie kam immer montags und freitags. So war es vereinbart.

Dick Olsson heisst der Mann. In Schweden geboren und aufgewachsen, wohnt er jedoch seit Mitte der siebziger Jahre überwiegend in den Vereinigten Staaten von Amerika. Er kommt aus der Werbebranche und übt das aus, was im Wirtschaftsteil gewöhnlich als »selbständige Tätigkeit« bezeichnet wird, benutzt also seine beachtlichen Fähigkeiten und seine große Erfahrung dazu, Geld zu verdienen, ohne bei irgendwem angestellt zu sein. Sein Talent besteht darin, Ideen miteinander zu verknüpfen.

Laut einer Meldung in der Zeitung desselbigen Tages erwarteten britische Wissenschaftler, das Jahr 1995 würde das wärmste in der dokumentierten Geschichte der Menschheit werden. Dick Olsson las diese Meldung nicht. Noch nicht.

Im Moment war davon kaum etwas zu spüren. Es war ein eher angenehmer Oktobertag. Die Temperatur lag bei 25 Grad Celsius, und die Vögel vermochten zu singen. Der tropische Orkan Marilyn wütete über den Inseln von Westindien, aber davon merkte man nicht viel in Austin, Texas. Hier herrschte eine möglicherweise trügerische Ruhe, und die Sonne schien von einem wolkenlosen Himmel.

Die beiden Kolumbianerinnen waren beim erstenmal gemeinsam gekommen, aus den südlichen Stadtteilen. Wo solche Menschen gewöhnlich wohnten. Da gab es ganze Straßenzüge, in denen die Schilder spanisch beschriftet waren und wo seltsame kleine Läden Bilder der Heiligen Jungfrau und magische Liebessalben feilboten, Piñatas in den groteskesten Formen für die Geburtstage der Kinder, Handbücher zur Traumdeutung und starke mexikanische Gewürze. An einem Wintertag vor zwei Jahren waren die beiden Schwestern gekommen. Um festzustellen, was für einer Dick überhaupt war. Er hatte ihre Nummer von einem Anwalt bekommen, der in der Nachbarschaft wohnte und mit dem er hin und wieder im Texas French Bread, der eleganten Bäckerei oben im teuren kleinen Einkaufszentrum von Terrytown, einen Schwatz hielt. Es war durchaus üblich, daß illegale Einwanderer bei ihren Arbeitgebern falsche Namen angaben. So war es am besten. Diese Damen hatten das Problem einfach und effektiv gelöst: sie hatten miteinander die Namen getauscht. Das verriet eine ansprechende gedankliche Ökonomie. Nicht mehr Gedanken an ein Problem zu verschwenden als nötig, um es zu lösen. Das war an einem Tag im März. Doch es brauchte einen Frühling, einen ganzen langen Sommer und noch ein Stück vom Herbst, bis Dick das erfuhr.

An jenem Märztag, als die Schwestern gemeinsam erschienen, waren sie noch sehr unsicher. Sie sahen sich vorsichtig in dem Haus um, das ziemlich groß war und unter schönen, bestimmt hundertjährigen Eichen lag, sparsam und elegant eingerichtet, nicht mit schweren, düsteren amerikanischen Möbeln, sondern mit stilvollen, hellen Einrichtungsgegenständen von Carl Malmsten und Svenskt Tenn am Strandvägen in Stockholm. Er hatte es so gewollt.

Sie bekamen die Waschmaschine zu sehen (die gar nicht leicht auf spanisch zu erklären war; sie hatte viele Finessen), untersuchten gründlich den Staubsauger (der nicht ganz so fein war) und musterten Dick intensiv in aller Stille. Eleonora – also die Ur-Eleonora – war rundlich und offensichtlich die Chefin. Mit kurzen Haaren und Lippenstift. Sie wirkte ziemlich schlicht. Doch man kann sich leicht in Menschen täuschen.

Anscheinend war sie die jüngere der beiden Schwestern. Trotzdem war sie es, die bestimmte. Die Schwester, die sich später Eleonora nennen würde, aber eigentlich Lucrezia hieß, ein Name, den Dick später nie mehr aussprechen würde, war schweigsam und still. Aber sehr aufmerksam. Schon damals gefiel sie Dick Olsson besser. Während die jüngere, rundliche und dominierende Schwester von irgendwoher hätte stammen können, vielleicht aus Spanien, Italien, Portugal oder möglicherweise Israel, war die ältere, stille Schwester augenscheinlich indianischer Herkunft. Ihr strenges, mageres, fast vogelartiges Profil hatte etwas, das an archäologische Bilder erinnerte, die Dick irgendwo gesehen hatte. Oder verwechselte er aztekische und ägyptische Reliefbilder? Seine Bildung war ziemlich bunt zusammengewürfelt. Er hatte bestimmte Sachen gelernt, wenn er sie brauchte. Um später oft festzustellen, daß er sie überhaupt nicht brauchte.

Nachdem sie alles inspiziert hatten, von der eleganten Loggia mit Aussicht auf die Rhododendronbüsche über das Wohnzimmer mit seinem selten benutzten Steinway-Flügel bis hin zum Archivraum im Obergeschoß links von der Treppe zum Speicher, wo ganze Staffeln von sorgfältig geordneten Kartons mit Projekten und alten Reklameskizzen wie Soldaten in Reih und Glied standen, angefangen mit dem *Tropfen* bis hin zu *Rettet die Kinder*, hatten die Schwestern festgestellt, hier gebe es ziemlich viel zu putzen. Dick hatte erwidert, er sei willens, anständig zu zahlen. Unter anderem lagerte da oben in Aktenordnern mit schwedischen blauen Rücken der gesamte Verkauf der Agentur vom Kungsholms Hamnplan an Clipstone. Zehn Jahre komplizierter Einkommensteuer-Erklärungen für die Finanzämter verschiedener Länder schlummerten in den tristen braunen Mappen des Steuerberaters (und hofften, der Tag der Auferstehung möge nie kommen, denn das gäbe bestimmt ein Jüngstes Gericht). Da hatte Ur-Eleonora sich plötzlich einverstanden erklärt und sich ganz überraschend zurückgezogen, nachdem sie den Preis vereinbart hatten, der lächerlich niedrig war: hundert Dollar für zweimal Putzen pro Woche.

Eleonora, die also eigentlich Lucrezia hieß, war die seine. Eine Ausdrucksweise, die man natürlich nicht mißverstehen durfte. Sie war wirklich nicht sein Typ mit ihrem mageren, knochigen Körper, ihren vom Spülwasser rotgeschwollenen Händen und ihren kleinen zarten, mädchenhaften Brüsten. Wie er damals meinte.

Er nannte sie Eleonora, auch nachdem sie ihm längst anvertraut hatte, daß sie eigentlich Lucrezia hieß.

Bald zeigte sich, daß er Glück gehabt hatte. Sie war eine hervorragende Putzfrau. Nicht nur, daß sie alles sauberhielt und auch an Stellen saugte, an die seit Jahren kein Staubsauger gelangt war. Sie kümmerte sich außerdem um seine Sachen. Alles, von den Anzügen bis zur Unterwäsche, hing und lag in perfekter Ordnung genau da, wo es liegen sollte. So geschickt, vielleicht auch erfahren, war sie, daß sie nicht nur wußte, wo sie Ordnung zu halten hatte, sondern auch, wo nicht. Nie kam es vor, daß ein Papier von seinem angestammten Platz auf dem Schreibtisch verräumt war. Nie warf sie eine Zeitung weg, ohne sich vorher zu vergewissern, daß Dick sie gelesen hatte. Sie lernte, kurz gesagt, unwahrscheinlich schnell, wie er es haben wollte. Ein Mensch mit einem derartigen Gespür für die Wünsche anderer Leute hätte unter anderen Umständen leicht Politiker werden können. Oder vielleicht Art-director in einer Agentur. Dick hatte viel zuviel vom Leben gesehen, um zu glauben, daß es die besonders Geeigneten waren, welche die feinen Berufe hatten. Oft war das Gegenteil der Fall. Wozu Menschen taugten, zeigte sich erst auf längere Sicht. Oder in einem ganz einzigartigen Augenblick, der allein für sie bestimmt war und für keinen anderen.

Normalerweise war von ihrer Anwesenheit im Haus kaum etwas zu merken, selbst wenn man zufällig zur gleichen Zeit daheim war, bis auf das Geräusch des Staubsaugers und das hartnäckige Brummen und Rumpeln der Waschmaschine. Dick Olsson war seit eh und je der Meinung, in den Vereinigten Staaten von Amerika werde viel zu häufig gewaschen. Mindestens jeden dritten Tag in einem Haus wie dem seinen. Aus seiner frühesten Kindheit im Västerås der vierziger Jahre war ihm in Erinnerung, daß man die Wäsche einmal im Monat in Körben über die Straße zu einer speziellen Waschküche mit vorher gebuchten Kesseln und Mangeln schleppte. Auf keinen Fall öfter.

Rochen die Menschen in den vierziger Jahren schmutziger? Mag sein. Er erinnerte sich an viele Menschen aus den Vierzigern, nicht als Gesichter, sondern als Gerüche. Jedes Schulkind hatte seinen Geruch, den man erkannte, wenn man es zu Hause besuchte. Eine Art Signatur. So war das mit den Kameraden in der Volksschule.

Das war vor der Zeit der großen Waschmittelkampagnen für Surf. Die fünfziger Jahre brachten Surf und Tetrapak. Künftige Archäologen würden keine Spur von Tage Erlander und Ernst Wigforss finden, doch um die Brüder Rausing würden sie beim Abtragen der Kulturschichten nicht herumkommen, selbst wenn ihre Namen vergessen wären. Man konnte sich fragen, ob verschiedene Typen von Steinäxten ebenfalls individuelle Erfinder hatten, deren Namen wir nicht kennen. Jedenfalls: Anfang der fünfziger Jahre verschwanden in Schweden die bewährten alten Waschküchen, wie so vieles andere auch. Dafür erschienen dann Maschinen mit Fenstern, in denen man die Wäsche mit Surf herumwirbeln sehen konnte. Angeblich war es reiner Zufall, daß jemand auf die Idee kam, Waschmaschinen mit Fenstern zu versehen. Aber natürlich wurden sie erst dadurch richtig populär. Es ist ein physiologisches Prinzip; alles, was sich bewegt, fesselt das Auge auf besondere Weise.

Und diese enorme, Energie und Wasser verschlingende große Wäsche hatte offenbar in die amerikanischen Rituale Einzug gehalten. Sie war nicht einmal klassenspezifisch. *Alle* Menschen wuschen. Ununterbrochen. Er erinnerte sich an eine Autofahrt durchs Mississippidelta, wo auf den Veranden der kleinen grauen Häuschen am Waldrand Waschmaschinen gestanden hatten, Waschmaschinen, die im Inneren der winzigen Häuser keinen Platz fanden. In Amerika gab es kaum einen Menschen, der so arm war, daß er nicht einen Fernseher und eine Waschmaschine besessen hätte. Es bestand ein Unterschied zwischen wirklich erfolgreicher und nur teilweise erfolgreicher Werbung. Erfolgreiche Werbung verkauft gleich viel an Arme wie an Reiche. Wirklich erfolgreiche Werbung läßt keinen aus.

Jedenfalls stellte die magere stille Kolumbianerin

ihre Handtasche in der Küche stets an dieselbe Stelle in der Bar. Und oft, wenn Dick keine Zeit für sie hatte, legte er ihren Lohn, immer in bar, in einem säuberlichen Bündel Scheine unter die Whiskykaraffe, neben die Handtasche. Das war sozusagen ihr Territorium. An solchen Tagen verschwand sie genauso diskret wie sie gekommen war, ohne sich zu verabschieden.

AN EBENDIESEM Oktobervormittag verbarg sie die für eine vielleicht vierzigjährige Frau eigenartig mädchenhaften Brüste unter einem abgetragenen tiefroten T-Shirt, das ein schwarzweißes Katzenbild trug. Es war ein ganz hübsches Bild. Ihre Jeans waren wie üblich verschlissen, aber sorgfältig gewaschen und geflickt. Das scharfe, fast etwas vogelartige Profil konnte doch wohl auf nichts anderes als indianische Vorfahren hindeuten. Vielleicht war sie durch und durch Indianerin?

Dick hatte das bestimmte Gefühl, Azteken auf alten archäologischen Fresken hätten solche eigentümlichen vogelartigen Profile. In einer Reihe schreitend, mit Lasten auf dem Kopf. Zweidimensional. Vielleicht war das ihr Gesicht? Er wußte von ihr eigentlich weiter nichts, als daß sie Kolumbianerin war, eine illegale Einwanderin, die mit zwei Schwestern und einem kleinen Jungen, der nicht ihr Kind war, sondern das einer der Schwestern, in einem Mietsblock wohnte, in der Stassney Road.

Seine Phantasien hinsichtlich ihrer Person wurden plötzlich immer intensiver, und es war immer schwieriger, sich davon loszureißen. Diese deutlich sich abzeichnenden Hüften waren eher die Hüften eines Knaben. Sie war wirklich banal. Es gab jetzt eine Fülle solcher Frauen und Mädchen in der Stadt, genügsam und fleißig und glücklich. Aber nicht ganz mit diesem Aussehen.

Doch eben in diesem Augenblick war sie nicht banal.

Sie war glücklich, eifrig und erwartungsvoll.

Irgendwie berührte das Dick Olsson viel stärker, als er es erwartet hätte. Rasch entschuldigte er sich, küßte sie höflich auf die Stirn (was er gern tat, ohne etwas Besonderes damit zu meinen; Dick fand, man solle freundlich sein zu allen Menschen, zu denen man keinen Grund hat, unfreundlich zu sein) und eilte die Treppe hinauf. Und ließ sie also mit dem feinen Parfum in der Küche zurück, einem feineren, als sie es in ihren wunderlichen Läden in den südlichen Stadtteilen hätte finden können. Bald würde er merken, ob sie es wirklich trug. Immer weniger Frauen benutzten heutzutage Parfum, was von großem Vorteil sein konnte, wenn man im Flugzeug neben ihnen zu sitzen kam. Vielleicht war es auch eine Folge des modernen Waschens und Schrubbens. Parfum war natürlich, genau wie Musik in öffentlichen Räumen, eine Art aufgezwungener Sinneswahrnehmung, außerdem eine Art Luftverschmutzung. Wenn schon Parfum, dann nur erstklassiges. Dies war das teuerste, das er auf dem Charles de Gaulle in Paris hatte finden können. Allerdings hatte er natürlich nicht in allen Parfümerien geschaut. Es war alles ziemlich rasch gegangen. Er hatte der Verkäuferin gesagt, er brauche es für eine »Freundin« mit einer eher dunklen *complexion*, und die elegante Parfümeriedame hatte ihm mit verständnisvollem Lächeln dieses in die Hand gedrückt.

Es ist doch immer schön, wenn man einen Menschen mit so einfachen Mitteln erfreuen kann. Dick war für einen Moment sehr zufrieden mit sich. Er verließ sie, glücklich wie sie war mit dem feinen Flakon in der Handtasche, verließ sie und ihre Putzeimer, Schrubber und die Tasse mit Morgenkaffee, die neben dem Käfig mit den beiden Goldfinken auf der Anrichte stand. Vögel, die er liebte – obwohl er sie im Käfig hielt. Zu dieser Zeit an einem Oktobermorgen, wenn die Küche noch im Schatten lag, erfüllten sie sein Haus mit ihrem sanften Schattengesang. Später am Tag verstummten sie gewöhnlich. Und zogen sich in das kleine Nest aus Korbgeflecht zurück, das in der Mitte des Käfigs hing.

Der eine Goldfink war sechs Jahre alt. Das war das Weibchen. Die Männchen hatten im Laufe der Jahre gewechselt.

Gott weiß warum, aber sie starben gewöhnlich so viel schneller. Dieser Goldfink war wirklich tolerant. Beim erstenmal, als ihr ein Gatte verstorben war (sie lagen immer rührend klein am Boden des Käfigs, wenn es zum Ende kam, als sei der Tod imstande, sie kleiner zu machen), hatte das Zoogeschäft draußen im Northcross Mall keine Goldfinken vorrätig gehabt. Mit dem Versprechen, ihn zurückbringen zu können, falls es nicht klappen sollte, hatte er statt dessen einen Zebrafinken mit nach Hause genommen. Drei Tage war dem Neuling der Zutritt zum Nest verwehrt worden, und Dick fragte sich schon langsam, wie es weitergehen sollte, als eines Morgens der Neuling plötzlich bei der Witwe in der Dunkelheit des Nests schlief, glücklich und ruhig, als hätte er schon seit jeher da gewohnt. Das nächste Männchen, das zwei Jahre später kam, war ein *hooded finch*, und das war laut Zoogeschäft ein noch gewagteres Experiment. Das ebenso glücklich ausgegangen war wie das erste. Seitdem war Dick Olsson überzeugt, für diesen Vogel seien alle anderen Vögel austauschbar.

Eleonora versorgte sie, wenn Dick auf Reisen ging. Was er für seine neunundfünfzig Jahre immer noch sehr oft tat. Er hätte es nicht mehr nötig gehabt, schon gar nicht wegen des Geldes. Doch eine Art von Unruhe hielt ihn mit der ewigen Imageberaterei auf Trab. In jüngster Zeit waren die Dinge wirklich in Bewegung geraten. Mal wieder. Tatsächlich jede Menge Dinge. Zumal wenn man alles mitrechnete, was hätte fertig sein sollen, aber nicht war.

Oktober, diese wunderbare Jahreszeit, wenn es weder zu kalt ist noch zu warm, war endlich da, und goldenes Herbstlicht sickerte durch die Kronen der Eichen herein. Den Frieden störten einzig ein paar Mexikaner, die dabei waren, den Rasen des Nachbarn auf der anderen Seite der Straße mit infernalisch hochtourigen Laubbläsern zu säubern, neben Einbrechern gewöhnlich die einzige Bedrohung des Friedens in besseren amerikanischen Villenvierteln. Terrytown war ein sehr gutes Wohngebiet. Ende des 19. Jahrhunderts von ordentlichen deutschen Emigranten gegründet, tüchtigen Leuten, die große solide Steinhäuser auf weitläufigen Grundstücken erbaut hatten. Später, kurz nach dem Krieg, wurden diese dann aufgefüllt mit ziemlich bescheidenen kleinen Häusern, auf der Basis von GI-Darlehen, diesen besonders günstigen Hypotheken, die man damals den Heimkehrern freizügig gewährte.

Jetzt waren die GIs alt, und ihre kleinen weißen Häuser wurden Stück für Stück abgetragen. Grundstücke wurden zusammengelegt und neue Paläste in den alten Gärtchen errichtet. Sie imitierten die großen alten Deutschenhäuser oft so geschickt, daß man den Unterschied nur am Geruch des Mörtels feststellen konnte. In diesen Jahren gab es viel Geld in der Stadt.

Unten in der Siebten Straße befanden sich Luxusrestaurants mit weißbehandschuhten jüngeren Herren, die sich um die Autos kümmerten und sie einparkten, die Jeunesse dorée in modischen schwarzen Jeans und Hemden ohne Schlips. Delikateßläden mit salzigen italienischen Würsten, Bündner Fleisch und täglich aus Italien eingeflogenen Pilzen (vermutlich in Österreich geklaut), eleganten Geschenkboutiquen und natürlich Juwelierläden, die einem gratis das Glas der Armbanduhr auf Hochglanz polierten, falls man so aussah, als gehöre man zur Clique. Galerien mit sonderbaren Collagen, nachdem die entsetzlich langweilige Concept-art nun endlich überholt und verschwunden war. Dick hatte den Eindruck, die Bilder in den Kunstgalerien seien in den letzten Jahren mächtig pornographisch geworden, aber das lag vielleicht nur daran, daß ihm so etwas mehr auffiel als früher.

Unnützes Wissen: Die perfekte Landung auf einem Flugzeugträger ist erreicht, wenn sich die Maschine in dem zweiten Seil festhakt. Es sind insgesamt vier, und das vierte darf man nicht verpassen.

Rumänische Kartoffelsuppe gelingt nicht, wenn man den Essig zu früh dazugibt. Dann werden die Kartoffeln nicht weich.

Baseball hat sich aus Brennball entwickelt, einem Spiel, das Dick oft auf dem Schulhof in Västerås gespielt hatte. (Aber das war noch in den vierziger Jahren.) Tennis ist aus dem französischen *jeu de paume* hervorgegangen. Tennis Royale wird mit einem birnenförmigen Schläger gespielt, mit einem Netz und einer Rückwand, gegen die man den Ball aufprallen lassen darf.

Chyatt Jay in Los Angeles büßten ihre Stellung ein, nachdem ihnen Reebok den Vertrag gekündigt hatte.

Die Temperatur für die Bearbeitung von gewöhnlichem Schmiedeeisen beginnt bei etwa 800 Grad. Und geht bis zu 1200 Grad.

Es gibt einen Pilz, der nur auf einigen Landzungen im Lago di Como wächst und der nach dem Verzehr unfehlbar zum Tod führt. Bei diesem Prozeß löscht er jedoch jede Spur von seinem eigenen Toxin. Das ein Lebertoxin ist.

Wie viele Fragmente unnützen Wissens beherbergt eigentlich ein Mensch, der sein neunundfünfzigstes Lebensjahr erreicht hat? Aber vielleicht sind sie gar nicht unnütz? Vielleicht besteht man im Grunde genommen aus diesen Fragmenten? Leidenschaften, Gefühle, Sehnsucht, ja, sogar Haß kommen und gehen. Die Fragmente bleiben und leben ihr wimmelndes Leben, ungefähr wie die Ameisen im Ameisenhaufen.

Valmiki, der große hinduistische Asket und Mystiker, saß so lange still, bis die Ameisen einen Haufen um ihn herum gebaut hatten. »Valmiki« bedeutet, wie jeder versteht, »Ameisenhaufen« auf sanskrit. Dick hatte das irgendwann von einem indischen Mathematiker auf einem Flug nach Delhi erfahren. Wenn man Glück hatte, konnte man im Flugzeug vieles lernen. Viel Unnützes.

Dick Olsson hatte den *Tropfen* lanciert. Es war das erste Mal, daß jemand in Schweden sich an eine Autokampagne wagte, bei der man das Auto nicht zeigte. Hans Brindfors, der damals der *Andere* war, schuf die *Flasche*. Einst waren sie die *Beiden*. Die zwei Großen. In verschiedenen Agenturen. Sie gaben sich die größte Mühe, nicht aufeinander zu schielen. Wenn sie sich gelegentlich trafen, redeten sie von etwas anderem. Hans war schüchtern.

Früher einmal basierte Werbung auf positiven Assoziationen. »Augenkakao gibt der ganzen Familie Kraft und Selbstvertrauen.« Starke positive Assoziationen sollten mit Waren und Dienstleistungen verknüpft werden. Fast zeitgleich entdeckte eine Reihe von Kreativ-Direktoren in der ganzen Welt, daß *starke* Assoziationen reichten. Hungernde Kleinkinder mit geschwollenen Bäuchen, Aidspatienten, alles, was das Auge auf besondere Weise anzog.

Dick gehörte zu denen, die das herausgefunden hatten. Ziemlich frühzeitig. Daher verfügte er jetzt, an der Schwelle der Sechzig, über ein ansehnliches Vermögen. Und gehörte immer noch zu denen, die hin und wieder recht bedeutende Aufträge bekamen.

Mehrere von den neuen Republiken, die sich von der ehemaligen Sowjetunion abgesondert haben, unterhalten Vertretungen in Washington. Sie benutzen, genau wie die Parteien im ehemaligen Jugoslawien, verschiedene Arten von Beratern, um sich Gehör zu verschaffen. Auch die abtrünnigen Republiken dieser Republiken sind dabei, Informationsbüros und andere Vertretungen einzurichten, um sich in der Welt geltend zu machen.

Die Kultur der Azteken ist tatsächlich, nein, *war* tatsächlich hoch entwickelt. Sie besaßen einen komplizierten Kalender mit Feiertagen und Korrekturen für das Faktum, daß die Jahre nie genau gleich lang sind. Sie opferten Menschen auf der Spitze hoher, abgeflachter Pyramiden. Oder waren es andere Völker, die das taten?

Anscheinend interessierte sie sich sehr für Lotto. Wenn er sie gelegentlich bei einer Kaffeepause in der Küche überraschte, verglich sie sorgfältig die kleinen rotweißen Zettel von The Texas Lottery mit den Zahlenreihen in der Tageszeitung. Wie es schien, gab es für sie nie einen Gewinn.

Sie wollte so gern gewinnen. Bei The Texas Lottery waren mehrere Millionen Dollar drin. Wenn man Glück hatte.

Dick widersprach ihr nicht.

Das waren nur einige von den Fragmenten, die

Dick Olsson durch den Kopf gingen, als er rasch die sechs plus vier Stufen der Treppe nahm, die zu seinem Arbeitszimmer führte. Das hatte er sich angewöhnt. Für sein Alter war er drahtig und ungeduldig. Die Treppe in seinem Haus ging er eigentlich nie hinauf. Er rannte sie hoch. Diese Gewohnheit hatte er sich in den sechziger Jahren in Stockholm zugelegt, in der Agentur am Kungsholms Hamnplan. In die Aufgaben hineinzurennen – ungefähr so, wie man sich an einem Sommertag in Runmarö in das kalte Ostseewasser stürzt, statt hineinzugehen – war die beste Methode, um das Bewußtsein in Schwingung zu versetzen, den Zustand hemmungslosen Assoziationsreichtums herzustellen, in dem Dinge zustande kamen. Mit den Jahren wurde es schwieriger, doch er war da, nur ein wenig tiefer verborgen unter den Ablagerungen der Jahre, dieser Zustand, in dem die Ideen hin und her flogen wie die Tennisbälle übers Netz.

Schon am Ende der letzten Eiszeit war Amerika bewohnt.

Dick hatte diese Gewohnheit. Er konnte es nicht ändern. Sich sprunghaft und auf völlig unberechenbare Art von einem sinnlosen Wissen auf das nächste zu stürzen. Von einem Gedanken auf den nächsten. Aus einer solchen Fülle von nahezu unbrauchbaren Gedanken, aus einem Sammelsurium von völlig sinnlosem Wissen bestand ein Mensch. Vielleicht bestand die Wirklichkeit aus solchen Fragmenten? In politischen Kampagnen im Fernsehen nannte man das gewöhnlich *sound bites*. Die kurzen, effektiven Zeilen, die aufleuchteten, die für einen Augenblick das Seltenste und Wertvollste überhaupt einfingen: die volle Aufmerksamkeit anderer Menschen. Das menschliche Bewußtsein unterschied sich tatsächlich nicht so sehr vom Fernsehen. Besaß es nicht, genau wie das Fernsehen, eine Menge Kanäle, zwischen denen man ständig hin und her sprang? Bestand es nicht aus einem unablässigen, nie ganz ruhenden Strom von Fragmenten, sei es dieses sinnlose Wissen, sei es eine plötzliche, schmerzhafte Kindheitserinnerung, sei es nur eine schleichende Angst. Und an der einen oder anderen Stelle in diesem Strom konnte es aufblitzen. Ein flinker kleiner Fisch. Ein *sound bite*.

Gab es auch notwendiges Wissen?

Vermutlich. Aber es war nicht so leicht, es aufzuzählen. Atmen, Essen, Trinken, das war klar. Aber viel weiter reichte die Klarheit auch nicht.

Warum nimmt etwas die Aufmerksamkeit gefangen und etwas anderes nicht? Als Dick jung und neu in der Agentur am Kungsholms Hamnplan war, gab es Leute, die noch an psychologische Experimente glaubten; bestimmte Farben zogen das Auge auf besondere Weise an. Eine Zeitungsseite hatte, unsichtbar, heiße und kalte Zonen, und es kam darauf an, daß man sich, oder besser gesagt, die Anzeigen der Kunden, in den heißen Zonen plazierte. Heute war Dick viel zu alt, um an dergleichen zu glauben. Es geht alles, nämlich wenn es glückt. Und die raffiniertesten Ideen fallen mit dem Geräusch eines nassen Putzlappens zu Boden, der vom Küchenwasserhahn abgleitet. Nämlich wenn sie nicht glücken. Dick war mittlerweile ganz sicher, daß es um etwas ging, was sich eigentlich nicht in Worte fassen ließ. Und vor allem nicht berechenbar war.

An diesem Punkt, auf dem Weg durch die Tür ins Arbeitszimmer, wo sein Computer, ein Quadra, schon leise rauschend stand, während ein Bildschirmschoner eine endlose Anzahl von Dominopartien spielte, alle seltsam unterschiedlich voneinander, kam ihm in den Sinn, daß der Kolumbianerin das Schwierigste überhaupt gelungen war. Seine Aufmerksamkeit für einen Augenblick vollständig gefangenzunehmen.

Es gab also viel nutzloses Wissen. Gab es auch notwendiges?

Ungeduldig glitt er mit dem Cursor zuerst die lange Auswahlliste der Faxe und dann die der E-mails hinab. Es war ein bißchen wie mit dem Netz zu fischen: man zieht einen Meter nach dem anderen heraus – nichts als Brachsen und Äschen und oft erst zum Schluß der dicke Fisch. Eine sonderbare, aber unbedingt notwendige Tätigkeit. Man verließ für eine Weile seine übliche Welt, die ziemlich still und einsam war, und begab sich in eine andere hinein, die den Eindruck brodelnder Gemeinschaft machte, Bugwellen der Information von fernen Schiffen, Aktivitäten und Initiativen und Dringlichkeiten. Um sich dann allmählich in seinen üblichen Raum zurückzutasten. Früher hatten die Menschen zwei Räume: den des Traums und den des Wachseins. Jetzt gab es drei.

Auch dieser war ein Traumfänger.

An diesem Morgen sah das meiste nach Schrott aus, einschließlich der E-mails, aber es sollte sich zeigen, daß zwei dicke Überraschungen bereitlagen. Am Schluß.

Der Traumfänger. Damit hatte es folgende Bewandtnis: Dick Olsson gehörte zu den modernen Menschen, die *eigentlich* nirgendwo wohnen, sondern *ungefähr* an diesem oder jenem Ort, da sie immerzu in Bewegung sind, genauso heimisch in einem Hotelzimmer in Frankfurt wie in einem Bungalow auf Tortola, ganz zu schweigen von der kleinen Wohnung unten am South Broadway in New York, die unverschämt viel kostete und die er eigentlich vor allem für Theaterbesuche und andere, etwas speziellere Zwecke nutzte. Überwiegend wohnte er jedoch in einem Haus in der Windsor Road, Austin, Texas.

Nicht nur, weil er in Austin einen außerordentlich wichtigen Kunden hatte: Dell Computers. Es war nicht mehr so entscheidend, wo die Kunden saßen. Aber der Kontakt mit Dell hatte dazu geführt, daß er sich in die Stadt verliebt hatte. Es war ein bequemer Ort. Das Klima war gut für sein rechtes Knie, das mittlerweile fast andauernd schmerzte, infolge einer Tennisverletzung, die er sich an einem Februartag in Kungliga Hallen in Stockholm zugezogen hatte. Was Austin betraf, schätzte er den Lebensstil, den Duft von altem vermoderndem Holz und den Schatten unter den großen Eichen. Er mochte die kleinen Jazzkneipen in der Sechsten Straße und die Menschen, die man da treffen konnte. Es gefiel ihm, im Sweetish Hill den Morgenkaffee mit der *New York Times* zu nehmen, unter den eleganten Menschen in Joggingschuhen und kurzen Hosen, die dort gern nach einer Morgenrunde um den See verschnaufen. Es gibt wenige Flecken auf der Erde, an denen es sich so bequem leben läßt wie im amerikanischen Süden, sagte er gewöhnlich zu Leuten, die auf einer Erklärung bestanden.

Das Arbeitszimmer war sehr groß und sehr schön. Es war das Obergeschoß einer Garage mit drei Stellplätzen, mit nicht weniger als sechs großen Fenstern (nicht viele Direktoren in der Industrie haben so viele), beschattet von den Kronen der Eichen, und enthielt kaum mehr als einen riesigen finnischen Schreibtisch und Arbeitsflächen entlang der Wände mit den Telefonen, einem drahtlosen und einem gewöhnlichen, sowie einem großen alten Telefax aus den achtziger Jahren, einem Computer Quadra 800, an dem er den größten Teil seiner Aufgaben erledigte, und einer IBM-Schreibmaschine, die jetzt nicht mehr oft zur Anwendung kam, nachdem es so viele gute konvertible Programme gab. Der Quadra war zugleich sein Wächter, sein Laufbursche und seine Werkbank. Die Kommunikation lief meistens über ihn, wenn Dick nicht gerade in einem Flugzeug mit Telefonverbindung oder in einem Hotelzimmer, ob bescheiden oder elegant, die neu eingegangene E-mail über sein Notebook abrief. Heute spielte es keine große Rolle, wo man sich befand. Solange man imstande war, sich einzuloggen. Die Arbeit holte einen ein, wo immer auf der Welt man sich verstekken mochte. Der Schreibtisch war mit einigen großen, aufgezogenen Diagrammen bedeckt. Sie waren alle überholt und entsprachen nicht mehr dem aktuellen Stand. Dieser war in Wirklichkeit viel besser.

An der Wand über der Tür hing der Kopf eines Barockengels (Dick hatte keine Ahnung mehr, woher er stammte, doch er strahlte eine gewisse Freundlichkeit aus) und an der Decke über dem Schreibtisch ein eigentümlicher Gegenstand, eine Art Rhomboid mit einem straff gespannten Spinnennetz aus Seidenfäden (wie ein Tennisschläger von Carl Fredrik Reuterswärd), und in der Mitte dieses Spinnennetzes ein grüner Stein (vielleicht ein Stück Malachit oder etwas Ähnliches). Die Außenseiten des Rahmens waren mit vier braunen Vogelfedern besteckt. Es war nicht leicht zu sagen, was das war, wenn man es nicht zufällig wußte: ein Traumfänger. Das heißt: die authentische Kopie eines Traumfängers der Navajo-Indianer, erworben in einem Kunstgewerbeladen in der Lobby eines Marriotthotels in Santa Fe. Dick war fest davon überzeugt, daß er funktionierte. Er hatte ihn anfangs über seinem Bett hängen gehabt.

Doch das war nicht gut. Es zeigte sich, daß diese eigentümliche Vorrichtung eine solche Fülle von Träumen einfing, daß er morgens unausgeschlafen und unruhig erwachte. Nachdem er in ein und derselben Nacht von einem gigantischen, mit Formalin gefüllten Glasbehälter geträumt hatte, in dem ein lebender und ein toter Hund in sexuelle Spiele mit Schlangen verwickelt waren, sowie von einem Essen, bei dem der König skandalös betrunken auftrat, und von einem merkwürdigen Baum, der Finger statt Früchten trug, brachte Olsson den wunderbaren Apparat über dem Arbeitstisch an. Er glaubte felsenfest daran, daß er zu seiner Kreativität beitrug.

Er hatte nichts gegen den König. Der König bedeutete hier etwas anderes, das wußte bereits Jung, ungefähr »die Einheit des Ichs«. Und der König war er selbst. Aber wieso skandalös betrunken?

Man sollte sich gelegentlich gründlicher mit der Kultur der Indianer befassen. Oder mit ihren Kulturen. Es waren ja so viele verschiedene. Über ein so interessantes Volk gab es bestimmt viele Bücher. Außerdem könnte es einen vielleicht inspirieren. Überhaupt wußten selbst gebildete Menschen in den USA ungeheuer wenig über Indianer. Überwiegend herrschten entsetzlich schablonenhafte Vorstellungen. Oder man traf auf romantische Nachschöpfungen, Traumfänger und seltsame Skulpturen in den Souvenirläden der eleganten Hotels, die mit Federn und Silberarmbändern eine Pueblokultur vortäuschen wollten, welche eigentlich nie existiert hatte.

War es denn überhaupt etwas so Besonderes mit den Indianern? Teilten nicht eigentlich alle Menschen dieselben Probleme, denselben Schmerz, wenn man unter die Oberfläche kam? Eine Oberfläche, die wahrscheinlich großenteils nur eine Erfindung der Anthropologen war. Welche vermutlich vor allem von sich selbst sprachen, wenn sie versuchten, fremde Völker und Kulturen zu verstehen. Er hätte sich vorstellen können, wenn ihn jemand dafür bezahlte, ein anthropologisches Profil der Schweden zu schreiben, in dem diese als ein außerordentlich exzentrisches und fremdartiges Volk erschienen wären. Mittsommertänze, Flußkrebspartys, Bingoabende und Nobelfeste, das alles ließe sich so beschreiben, daß es für einen amerikanischen Geschäftsführer, der auf eine Filiale in Schweden spekulierte, tiefsinnig und rätselhaft und sehr rituell wirkte.

Wenn Dick etwas wirklich verabscheute, dann war es das, was man gemeinhin als »Psychologie« bezeichnete. Dieser ganze dämliche und gar nicht so unaggressive Anspruch, die anderen zu verstehen. Auf eine spezielle, feinere Art. Kontrolle über sie zu erlangen, indem man behauptete, ein größeres Wissen über Menschen zu besitzen, als sie selbst es hatten.

Auf dem schmalen Regal hinter dem Tisch stand ein kunstvolles kleines Modell des Schärendampfers Svartlöga, das in Hongkong hergestellt und in der Österlånggatan in der Altstadt von Stockholm gekauft war, fast genau gegenüber dem Restaurant Bistro; sechs Kästen mit alten Dias von seiner ersten Ehe; eine elegante Briefwaage aus Messing; ein deutsches Spielzeugauto, das Modell eines Mercedes aus den dreißiger Jahren, ein vermutlich kostbares Geschenk, das er einmal in Düsseldorf erhalten hatte.

Eine Steinaxt aus Bohuslän und ein Weihnachtsbock schlossen die Reihe der im Grunde genommen sehr wichtigen und notwendigen Gegenstände ab. Wobei kein einziger, ausgenommen vielleicht die Telefone und Computer, ihre Wichtigkeit nach außen hin zeigten.

Viele von uns brauchen Gegenstände, um das wenn auch noch so illusorische Gefühl zu haben, sie wären irgendwo zu Hause.

Die E-Mail schien immer besonders wichtig, bevor man sie gelesen hatte.

Danach, wenn man sich aus dem Netz ausgeklickt hatte, fühlte man sich wieder genauso einsam. Wie ein Kind, das allzu früh von einem Geburtstagsfest nach Hause gehen muß. Da war eine Nachricht aus New York. Sie kam von Bates USA, die Assumma nach einem Haufen Probleme gefeuert hatten und Dick fragten, ob er einen jungen Mann für die Leitung der Agentur empfehlen könne. Am liebsten wäre ihnen jemand unter dreißig Jahren. Nicht besonders überraschend in einer Branche, in der die Veteranen nicht selten 24 oder 25 waren. Dick wurde manchmal daran erinnert, daß er ein Methusalem war, oder jedenfalls aus der Perspektive der Branche ein ziemlich ausgeprägter Ehemaliger. Allerdings einer, der immer noch gefragt war. Das war das Feine. »Das Feine am Krähengekrächz«, pflegte sein Vater Kurt zu sagen. In alten Zeiten.

Dann eine Mitteilung über die Möglichkeiten, einen Kunden in Dick Coppels *Nightline* auftreten zu lassen. Heutzutage eine kolossal begehrte Promotion. Aber riskant, natürlich. Es ging ja nicht nur darum, aufzutreten und sich zur Schau zu stellen, sondern auch darum, was man zur Schau stellte.

Dann eine Sache aus Washington, die scheinbar völlig bizarr war, aber trotzdem wohl Aufmerksamkeit verdiente. Es war bestimmt die dritte oder vierte Botschaft, die Dick in dieser Angelegenheit erhielt, und jedesmal reizte sie ihn ebensosehr, wie sie ihn verwirrte. Und er war jedesmal genauso überzeugt, sie sei total unmöglich. Ob es überhaupt ein Auftrag war, für den man je etwas bezahlt bekommen würde, war fraglich. Doch es war etwas von der Art, woraus sich anderes ergeben konnte.

Es handelte sich um die *Republik Transdnistrien*. Offenbar eine abtrünnige Republik von Moldawien, anders gesagt, eine Republik, die sich von einer anderen abgesondert hatte. Während zweier langer Jahre war sie von General Alexander Lebeds Truppen verwüstet worden. Aber sie existierte noch. War offensichtlich noch in der realen Welt vorhanden. Das XIV. russische Armeekorps, das Lebed anscheinend ungefähr so behandelt hatte, als wäre es seine Privatarmee und er ihr *Kriegsherr*, war trotz der zweijährigen Tätigkeit, teils als zentralisierte Besatzungsarmee, teils zersplittert in frei agierende Räuberbanden, mit der Pazifizierung nicht weit gekommen. Es hatte vielmehr eine beträchtliche Anzahl von Menschen umgebracht, die sich heute vermutlich Transdnistrier genannt hätten. Wenn sie noch am Leben wären.

Lebed war nach Moskau zurückgerufen worden. Möglicherweise zu dem einen oder anderen Militärputsch oder vielleicht, um eine Strafexpedition gegen die baltischen Länder vorzubereiten. Diese neue Republik ohne diplomatische Vertretungen und scheinbar ohne Freunde wurde offenbar wieder genauso hart von einem neuen russischen General bedrängt, der behauptete, die russische Minderheit in diesem Gebiet schützen zu wollen. Die Transdnistrier jedoch meinten es offenbar ernst. Oder vielleicht waren sie völlig verzweifelt.

Sie wollten *gesehen* werden. Von der Welt. Bevor es zu spät war. Sie brauchten jemanden, der für sie eine weltumspannende Kampagne entwarf, welche sie vor allem für den amerikanischen Kongreß sichtbar machen sollte. Es war natürlich auch möglich, daß sie Freunde gefunden hatten. Feinde bringen oft Freunde mit sich. Könnte es etwa der Fall sein, daß Moldawien beträchtliche Bodenschätze besaß?

MacFarlane & Heidrich zufolge, die als Vermittler fungierten, hatten sie den Wunsch geäußert, mit einem Berater in Kontakt zu kommen. Mit jemandem, der einen Aktionsplan erstellen konnte, um ihre Probleme zu verdeutlichen. Für die Weltöffentlichkeit. In so pointierter und überzeugender Form, daß endlich jemand ihre Existenz bemerkte. Und am liebsten so, daß sich republikanische Kongreßabgeordnete ihrer Sache annahmen. Es eilte vermutlich. Keiner wußte, wie lange Boris Jelzin, dieser arme desorganisierte Suffkopf, sich noch halten würde und an der Macht bliebe.

MacFarlane & Heidrich waren der Ansicht und wiederholten mit erstaunlicher Hartnäckigkeit, es wäre an der Zeit, daß ein erfahrener Imageberater wie Dick Olsson einsprang. Es gab einen deutlichen Subtext in ihrem Brief: diese Sache war wichtig für die Agentur. Es war nicht leicht zu erraten, was dahintersteckte. Aber Dick hatte das Gefühl, es würde seiner Beziehung zu den Herren nicht guttun, wenn er die Sache weiterhin links liegenließ.

Wie sollte man so etwas anpacken? Es müßte

einem schon etwas anderes einfallen als abgebrannte Dörfer, hohläugige Kinder und sterbende alte Damen, die auf einer Trage abtransportiert wurden, eine Lebensmitteltüte zwischen den Beinen. Dergleichen hatte in letzter Zeit nicht viel gebracht. Es gab zu viele Bilder von blutenden Kindern und alten Frauen, die tot und schlaff wie Lumpen aus zerschossenen Häusern, verbrannten Dörfern weggetragen wurden. *Newsweek* hatte erst letzte Woche ein Bild von einer Szene nach einem Attentat im Zentrum Jerusalems (oder war es Tel Aviv?) gebracht, auf dem man deutlich sah, daß der Kopf eines der Toten zur Gänze weggesprengt war. Es war eine Brutalisierung der gesamten Bilderwelt eingetreten. Sie war wie eine Lautsprecheranlage, die Heavy-metal-Rock durch die Zimmer pumpt, daß die Fensterscheiben zittern. In einer solchen Umgebung die Stimme zu erheben war nicht die beste Art, sich Gehör zu verschaffen. Soviel stand fest.

Dick war einer der wenigen, meinten MacFarlane & Heidrich, der Transdnistrien möglicherweise eine Stimme verleihen könnte. Der neue Wege des Ausdrucks finden könnte. Dick fragte sich ernstlich, was sie mit »Stimme« meinten. Soweit er es verstand, wurden die Transdnistrier von russischen Verbänden ausgeplündert, umgebracht, mit Artillerie beschossen, weil sie selbst auf entsprechende Weise ihr Bestes getan hatten, um die russische Bevölkerung zu vernichten, die dort in ihren Dörfern seit der Zeit Peters des Großen gelebt hatte. Oder seit der Zeit Katharinas? Offenbar witterten die Transdnistrier Morgenluft. Oder sie waren verzweifelt. Wäre der

Name Transdnistrien doch nur etwas einfacher auszusprechen!

Es gab da noch ein anderes Problem. Der Kunde – »das Konto« wagte man ihn wohl nicht zu nennen – hatte offenbar Schwierigkeiten, einen Treffpunkt festzulegen. Eine Zeitlang war von Sofia in Bulgarien die Rede gewesen. Dann hatte es plötzlich geheißen, man solle sich im Informationsbüro in Washington treffen. Dann in Paris. Und jetzt offenbar wieder in Washington. Dick war im Prinzip bereit, weiß der Teufel wohin zu fliegen, wenn es sich um einen wirklich interessanten Auftrag handelte. Vielleicht sollte man doch die üblichen alten einträglichen Sachen für eine Weile zur Seite legen und wirklich einen Versuch machen?

Dick hatte tatsächlich noch nie den Namen Transdnistrien gehört, bevor sie anfingen, ihn durch MacFarlane & Heidrich zu suchen. Vielleicht handelte es sich nur um eine Bande von Gebirgsräubern mit der Unterstützung der einen oder anderen Großmacht? Gab es in Moldawien Berge? Eine wichtige Voraussetzung für Gebirgsräuber ist zweifellos, daß es Berge gibt.

Möglicherweise steckte die CIA dahinter, die heutzutage immer neue unterstützenswerte Republiken fand und an Südamerika offenbar jegliches Interesse verloren hatte. Wie klein diese Republik auch war, sie schien jedenfalls in ein schmutziges Scharmützel mit den Russen verwickelt. Und sie hatte bemerkenswert lange standgehalten. Möglicherweise deshalb, weil es ihr trotz allem nicht an Freunden fehlte. Aber auf der öffentlichen Bühne –

und das allein zählte – stand sie vollständig im Schatten von Tschetschenien und dem Balkan. Und allem anderen, was täglich passierte. Somalia, O. J. Simpson und die Opfer der Aidsepidemie. Und auch wenn er diese Republik nicht gekannt hatte, bevor sie sich an ihn wandte, gab es für sie offenbar gute Gründe, von sich hören zu lassen.

Er war Spezialist, vielleicht einer der besten genau dafür: sich darum zu kümmern, daß eine unbekannte Sache zu einer bekannten Sache wurde. Manchmal bedarf es dazu nicht viel. Wer hatte sich um die prekäre Situation des Großherzogtums Finnland geschert, bevor Jean Sibelius die »Finlandia« geschrieben hatte und sie mehrmals in deutschen und französischen Konzertsälen aufgeführt worden war? Sibelius hatte eigentlich etwas ungeheuer Originelles und Effektives getan. Er hatte Finnland mit seiner Musik auf die Weltbühne hinaufgespielt. Er hatte diesem Volk ein Gesicht, eine Stimme verliehen. Etwas, das mit verschiedenen Mitteln zu erreichen war.

Immer noch darüber nachsinnend, ob und wie er mit den ständig den Termin verschiebenden Transdnistriern ins Gespräch kommen sollte, die das Treffen nun wieder zurück nach Washington verlegt und es schon für den Nachmittag des kommenden Tages anberaumt hatten, navigierte er weiter durch die Auswahlliste und entdeckte, daß da noch etwas war.

Etwas, das ihn erstarren ließ. Er wünschte, er hätte es nicht gelesen, aber es war trotzdem da. Es war nicht rückgängig zu machen. Seine Mutter war tot.

Ja, es war alles sehr lästig. Das Fax kam von der Altenhilfe in Högalid in Stockholm. Die jetzige Altenpflegerin – sie wechselten öfter – hatte offenbar bei ihrem Donnerstagsbesuch die neunundachtzigjährige Frau tot in ihrem Bett gefunden. Sie wohnte – oder sollte man sagen: hatte gewohnt? – in einer kleinen Wohnung ganz oben in einem der hohen Häuser mit Aussicht auf den Mälarsee in der Heleneborgsgatan. Die Altenhilfe erwartete, daß er sich so schnell wie möglich meldete. Das war leicht getan. Aber dann? Er wußte, sein Kalender für die nächsten zehn Tage war gespickt mit Reisen und Terminen. Ein Treffen mit einem Kunden in San Antonio (einige Bauherren planten ihre Luxusvillen viel zu nah an einem Wasserschutzgebiet und brauchten eine Rechtfertigung), eine Konsultation in Los Angeles (Firmen ethnischer Minderheiten hatten Schwierigkeiten, einen Absatzmarkt für ihre Produkte zu finden). Dell wünschte ein weiteres Treffen in etwa zehn Tagen. Und dann waren da die Abtrünnigen, die eine Stimme brauchten. Das war nahezu unmöglich, aber er war das Unmögliche gewöhnt.

Doch jetzt kam ihm wieder der Gedanke an die tote Mutter. Dick war peinlich bewußt, daß er der einzige Verwandte war, den die alte Frau noch gehabt hatte. Falls man nicht zwei alte Onkel dazurechnete, die theoretisch noch am Leben sein müßten. Er hatte beide als kleiner Junge getroffen, konnte sich aber keiner Begegnung seitdem entsinnen.

Außerdem war sie unwiderruflich seine Mutter gewesen. Es gibt, dachte er, bestimmte Sachen, an denen führt kein Weg vorbei. Er hätte gern gewußt, ob sie im Schlaf gestorben war. So sehr viele Tage konnte sie nicht tot dagelegen haben. Die Altenpflegerin kam doch gewöhnlich zweimal die Woche? Wo befand sich die Mutter jetzt? Konnte man überhaupt von einem toten Menschen sagen, er »befinde« sich irgendwo?

Es mußte doch irgendeinen Aufbewahrungsort für Tote geben? Vielleicht in einem Krankenhaus? Wann hatte er sie zuletzt gesehen? Im Januar? Es mußte im Januar gewesen sein. Oder vielleicht im Februar? Nein. Bestimmt im Januar. Er blätterte mechanisch in seinem Terminkalender und sah, daß er tatsächlich im Januar in Stockholm gewesen war. Er erinnerte sich sehr genau an das Treffen mit dem Kunden, es war das Schwedische Rote Kreuz gewesen. Die letzte Erinnerung an die Mutter hingegen verschmolz mit vielen ähnlichen Begegnungen. Kaffee in der Küche, die Fragen nach seinem Befinden, und wie einem die Stimmbänder schmerzten nach ein, zwei Stunden mit dieser alten Frau, die sich weigerte, sich ein Hörgerät zuzulegen. Es war nichts Besonderes gewesen an der letzten Begegnung. Nur, daß es die letzte war, aber das wußte er noch nicht. Damals.

Er fragte sich, wie es jetzt wohl in der kleinen Wohnung aussah. Vermutlich flutete ein stilles Oktoberlicht durch die Küche. Geräusche vom Riddarfjärden, Boote und Pfahlrammen, doch alles gedämpft, hinter den Vorhängen. So war es gewöhnlich. Und wer zum Teufel hatte überhaupt die Schlüssel? Würden irgendwelche Leute die Zimmer durchstöbern und ihr altes Geschirr wegschleppen, bevor er zur Stelle sein konnte? Und dann die Beerdigung! Man mußte eine Beerdigung organisieren! Und die Verwandten! Die beiden uralten Brüder, die vermutlich noch am Leben waren. Und wer noch?

Dicks erster Impuls war vollständig irrational: die Treppe zu dieser etwas sonderbaren kolumbianischen Putzfrau hinunterzulaufen und ihr in seinem besten Spanisch alles zu erzählen.

Was für eine komische Idee! Ich muß aufpassen, daß ich nicht völlig die Kontrolle über mich verliere in dieser Situation. Wie sollte mir diese magere kleine fremde Frau helfen können?

Es bedurfte jetzt rascher Entschlüsse. Den Terminkalender ändern, San Antonio und Los Angeles verschieben, auf die Gefahr hin, beide Aufträge zu verlieren, sich so schnell wie möglich nach Stockholm begeben, mit dem bizarren Umweg über Washington und die transdnistrische Vertretung.

Schreckliche Umwege, aber an Umwege war Dick Olsson gewöhnt. Leider konnte nur Gott sich gleichzeitig an verschiedenen Orten aufhalten, und Gott war abwesend.

Die Sache mit den Reiseplänen und Umdisponierungen war jedoch nicht das Schlimmste im Leben. Das pflegte sich zu lösen. Im Unterschied zu vielem anderen, das sich nie löste.

Mit neu erwachter Entschlossenheit schickte Dick ein sehr ernstes Fax an die Altenpflege. Am Schluß betonte er mit einem gewissen Nachdruck, die Wohnungsschlüssel seien in der Anwaltskanzlei Landahl & Bauer abzugeben. Er teilte seine Absicht mit, Samstag früh in Stockholm einzutreffen, und erst nachdem er das Fax abgeschickt hatte, fiel ihm ein, daß Samstag früh vielleicht nicht die allerbeste Zeit war, um mit einer Behörde in Stockholm in Verhandlung zu treten. Es würde ein schauderhaftes Wochenende werden, und wann er wieder zurückkommen könnte – ja, das lag in Gottes Hand. Das Arbeitsprogramm des kommenden Monats konnte damit als zerstört gelten, als porös, aufgelöst in einem weitgestreckten Moor von Ungewißheiten. Sein nahezu perfekt organisiertes Leben war auf der Treppe der Unsicherheit und Unordnung eine Stufe weiter nach unten gerutscht.

Nachdem er diesen Gedanken zu Ende gedacht hatte, erhob sich Dick Olsson entschlossen und ging die Treppe hinunter. Er fand die Putzfrau genau dort, wo er sie zu finden erwartete. In Ermangelung eines besseren Vorschlags lud er sie zu einer Tasse Kaffee ein. Es kam gelegentlich vor, daß sie am Gartentisch zusammen Kaffee tranken und eine von ihren Zigaretten rauchten. Das war nebenbei eine vorzügliche Sprachübung. Ihr kolumbianisches Spanisch war klar und leicht zu verstehen. Ganz anders als der seltsame, fast gänzlich unergründliche Dialekt, den der mexikanische Rasenmähermann, Señor Josei, gewöhnlich sprach.

Seltsame graue Erinnerungen stiegen auf. Bis zurück in die vierziger Jahre. Sein Vater Kurt war nach Malmköping einberufen, damals – in den Bereitschaftsjahren – eine wichtige Garnisonstadt mit einer einzigen Straße, auf der man zwischen einigen verräucherten braunen Cafés auf und ab spazieren konnte, und erschien nur in langen, unregelmäßigen Abständen und stellte ein paar sonderbare Konservendosen (ohne Etikett) auf die Arbeitsplatte in der Küche. Kurt war in jenen Jahren ziemlich trübsinnig. Aber wenn er zu Hause war, kam doch ein bißchen mehr Leben in die Bude. Und neue, aufregende Gerüche: ungewaschenes Uniformtuch, Waffenöl, Rauch aus kleinen schmalen Zigarillos der Marke *Tärnan*. (Eine Marke, die auf der Innenseite des Deckels eine wunderbare blaue Farbe hatte; vermutlich der Himmel, in den der gleichnamige Seevogel hineinflog.) Seine stärkste Erinnerung an Annika war, daß sie oft – stundenlang, wie ihm schien – am Küchenfenster stand, abgewandt von ihrem Sohn (der ihr einziges Kind war), und auf der Straße nach etwas ausspähte. Wonach? Das war nicht leicht zu erraten. Es war eine sehr stille Straße. Gegen fünf kamen gewöhnlich einige Radfahrer durch. Meistens Arbeiter aus den Werkstätten von ASEA. Autos sah man nicht oft in den vierziger Jahren.

Ja, das letzte Mal im Januar. Ja, gewiß.

Er fragte sich, was sie wohl seitdem getan hatte. Freunde hatte sie keine. Nicht nur weil sie fast stocktaub war, sondern weil sie noch nie welche gehabt hatte und auch keine haben wollte.

Aus diesen einsamen Wintern der vierziger Jahre waren ihm ihre schier endlosen Vorbereitungen in Erinnerung, wenn sie ihn mitnehmen wollte, um die eine oder andere Besorgung zu machen. Zum Kaufmann ging sie nie. Ließ alles vom Laufburschen bringen, obwohl es mehr kostete. Ein Gang zum Zahnarzt. Ein Gang zur Kartenstelle, um neue Lebensmittelmarken zu holen. Um solche Erledigungen handelte es sich.

Sie probierte einen unmöglichen Hut nach dem anderen. Nahm den abgetragenen Schafpelz, um dann trotzdem beim Wintermantel zu bleiben.

Manchmal kam es vor, daß sie nach solchen langen Vorbereitungen trotzdem zu Hause blieben.

Meine Mutter war eine weiße Frau, dachte er.

Aber natürlich nicht in irgendeinem rassistischen Sinn. Sie war wirklich weiß. Sie litt seit ihren Vierzigern an einer seltsamen und anscheinend unheilbaren Pigmentstörung, die *Vitiligo* hieß. Diese äußerte sich in weißen Flecken, die sich von den Unterarmen her ausbreiteten und allmählich, konnte man annehmen, auf den ganzen Körper übergriffen. Jede Farbe war aus ihrem Gesicht gewichen, als sie fünfzig war. Als ihre Haare weiß wurden, war der Gesamteindruck gespenstisch

Er hatte keine Erinnerung daran, daß sie jemals richtig mit ihm gespielt hätte. Hingegen ärgerte sie sich oft über die kleinen Spielsachen, die er auf dem Küchenfußboden verstreute und auf die sie unvermeidlich ab und zu trat. Dafür erzählte sie. Oft und sehr lange. Ausführliche, eigenartige, oft etwas unheimliche Geschichten aus ihrer Kindheit in Småland. Und für Kinder überhaupt nicht geeignet.

Wie sie und die anderen Kinder einmal dem Leibhaftigen begegnet waren. Einem strengen alten Mann, der nicht wie andere Leute auf der Straße ging, sondern auf der Friedhofsmauer entlanghüpfte. Daß es der Leibhaftige war, hatte man an dem einen Fuß gesehen, der nicht in einen gewöhnlichen Schuh paßte, weil er rund und deformiert war. Ein Bocksfuß, natürlich, aber in Lumpen gewickelt. Und der Leibhaftige hatte keine gewöhnlichen Augen gehabt, sondern Ziegenaugen. Und die Kinder waren davongerannt, so schnell sie nur konnten. Aber wie schnell sie auch rannten, der Leibhaftige hatte da oben auf der Friedhofsmauer mit ihnen Schritt gehalten. Sie konnte ihm nicht davonlaufen. Sie rannten und rannten.

Wie die Geschichte ausging, daran konnte sich Dick jetzt nicht mehr erinnern. Von dieser Sorte Geschichten gab es beliebig viele. Er wußte nie, ob sie das wirklich erlebt hatte, oder ob es eine Schöpfung des Augenblicks war. Wozu? Um ihn zu quälen? Oder um die Angst auszudrücken, die sie selbst empfand?

Sie hatte Angst davor, gesehen zu werden. Sie schickte ihn manchmal mit viel zu komplizierten Aufträgen los, Einkäufen und dergleichen, als er acht Jahre alt war. Besorgungen, die oft mit Ach und Weh endeten, weil ihm Geld und Tüten unterwegs aus den trotz der Fäustlinge verfrorenen Jungenfingern gefallen waren. Zu seinen selbstverständlichen Aufgaben gehörte damals auch, an die Tür zu gehen, wenn es klingelte, und zu sagen, die Mutter sei nicht zu Hause. Dick schauderte es bei dem Gedanken, was passieren könnte, wenn man amerikanische Kinder die Tür öffnen und sie sagen ließe, sie seien allein zu Hause. Als Dick klein war, gab es noch nicht einmal Autos, vor denen man sich hätte fürchten müssen.

Und plötzlich wechselte die Dienerin ihre Gestalt. Sie erwies sich als eine, die ihre Gestalt wechselt. Auch sie. Das ging so zu:

– Es ist immer noch sehr warm, sagte Dick zur Dienerin. Fast zu warm, um draußen zu sitzen.

Sie nickte, ernst und zustimmend. Sie schlürfte nie aus ihrer Kaffeetasse. Überhaupt war etwas Feines und Zierliches an der Art, wie sie sich gab und die Dinge in ihrem Umkreis behandelte. Als wären sie ihr lieb:

– Es ist zu…

– *humido*, ergänzte sie hilfsbereit, als wüßte sie im voraus, nach welchem spanischen Wort er suchte.

– Leben Ihre Eltern noch, Eleonora?

– Ja.

Sie schilderte so etwas wie einen kleinen Bauernhof. Aber konnte ein Bauernhof mitten in Bogotá liegen? Sie beschrieb etwas, das nach Stadtrand klang, etwas, das auf einem Hügel lag. Ein kleiner Hof mit Hühnern und Schweinen.

Una pecenia tienda. Außerdem habe ihr Vater einen Feinkostladen.

– Auf dem Hof?

– Ja, natürlich.

Dick fand es kein bißchen natürlich, daß es auf einem Bauernhof einen Feinkostladen gab. Er versuchte sich das vorzustellen, doch trotz seiner vielgerühmten Kreativität, fiel ihm das nicht leicht. Aus amerikanischem Blickwinkel wirkte es sonderbar.

Die Familie sei sehr arm. Es gäbe viele Kinder.

Wann sie in die USA gekommen sei?

Die Frage war wohl etwas heikel, da sie sich illegal hier aufhielt. Sie schwieg eine Weile, aber dann antwortete sie trotzdem:

Meinte Señor Dick das erste oder das zweite Mal?

Sie sei schon zum zweitenmal hier?

Ja.

Beim erstenmal seien es sechs Jahre gewesen. Zum zweitenmal sei sie im letzten Frühjahr gekommen.

Er zögerte zu fragen, wie. Man fragte ungern nach dem Wie in diesen Jahren, falls man nicht das uneingeschränkte Vertrauen dessen besaß, den man fragte. Und darauf konnte er keinen Anspruch erheben.

Es war ein bißchen unheimlich, ein Gespräch auf dieser Ebene mit ihr anzufangen. Bilder und Fragmente tauchten auf, eins nach dem anderen. Sie erzählte von den Straßen in Bogotá, von den kleinen Feuern, die die Obdachlosen anzündeten, um sich in der kalten Gebirgsluft zu wärmen. Davon, wie diese Feuer dufteten und wie sie die Straßenecken erleuchteten. Von Polizisten, die ständig mit lose über die Schulter gehängten Maschinengewehren patrouillierten. Von den Toten. Im Morgengrauen lagen immer Tote irgendwo auf den Straßen. Es war alles sehr erschreckend, so wie sie es erzählte. Als hätte sie wirklich in einer fremden Welt gelebt und wechselte jetzt für einen Augenblick ihre Gestalt, zurück in dieses Erschreckende, dem sie entstiegen war.

Da war vieles, was er weder verstehen noch nachvollziehen konnte.

Aber eine ungefähre Vorstellung hatte Dick doch. Aus Berichten und Zeitungsreportagen. In den letzten Jahren waren die Zeitungen voll gewesen von der Einwanderung aus dem Süden. Nicht selten mit sozialdarwinistischen Kommentaren.

Er konnte den langen Weg ahnen. Vermutlich von Bus zu Bus durch Nicaragua und Guatemala, mit einem neuen Bus nach Mexiko und dann die Schmiergeldzahlungen, um in dieses Land hineinzukommen, was für Flüchtlinge aus dem Süden nicht einfach war, lange Verhandlungen mit einem Coyote, einem dieser Menschen, die eine Mixtur aus Straßenräuber und Schlepper waren und meistens beides zugleich. Die ein Vermögen damit machten, illegale Einwanderer über die Grenze zu bringen. Langes Warten unter lagerähnlichen Bedingungen in einem abgelegenen Haus, dann die große Wüstenwanderung. Er fragte sich, wie viele Tage es dauern mochte, bis man hinauf zur Grenze kam. Wo mochte sie herübergekommen sein? Nicht selten kam es vor, daß Emigranten in den dürren Grenzgebieten ihrem Schicksal überlassen wurden, Überfälle und Vergewaltigungen draußen in der Einöde waren an der Tagesordnung. Vielleicht in Juárez?

– Wie lange hat es gedauert?

Sie zählte schweigend an den Fingern ab. Ungefähr zweieinhalb Monate? Von April bis Anfang Juni. Zwei Monate unterwegs. Mit dem Bus durch Nicaragua und Guatemala. Fünfzehn Tage in einem Haus, einem sehr abgelegenen Haus in Mexiko, draußen auf der Hochebene an der Grenze, bis der Coyote die Gruppe zusammenhatte, die er hinüberführen sollte. Es rentierte sich nicht, wenn die Gesellschaft nicht groß genug war. Sechs Tage durch die Wildnis. Und das Schrecklichste von allem: bei Tijuana mit dem Schlauchboot über den Fluß.

Ungefähr so war es gewesen. Ungefähr. Ja, so war es wohl gewesen.

Dick überlegte gründlich. Er wollte sie nicht mit allzu intimen Fragen kränken. (Er verabscheute Menschen, die ihm selbst zu intime Fragen stellten.)

Aber, fragte er sich, wenn es so schwierig und zeitraubend war, in die USA zu gelangen, warum war sie dann zwischendurch fortgegangen?

Schließlich waren alle möglichen Erklärungen vorstellbar. Vielleicht hatte sie einen Verlobten in Bogotá gehabt? Das glaubte er kaum. Oder war ihr womöglich das fremde, reiche (in ihren Augen sicher ungeheuer fremde, unermeßlich reiche und vermutlich total unbegreifliche) Land schließlich zu fremd geworden?

Man mußte sich schließlich klarmachen, daß die Generationen illegaler Einwanderer aus dem spanischsprachigen Amerika, die heute in die Grenzstaaten von Mexiko hereinströmten und sich kulturell teilweise assimilierten, durch ihre Vielfalt und ihre Unkenntnis der englischen Sprache und ihre starke Tendenz zur Ghettobildung in den Großstädten viel schlechter darauf vorbereitet waren, in den USA zu leben, als es die europäischen Einwanderer, einschließlich der osteuropäischen Juden, je gewesen waren.

Die Vereinigten Staaten von Amerika waren eine Fortsetzung des europäischen Themas, oder waren es zumindest lange gewesen. Eine Fortsetzung in einer anderen Tonart, könnte man vielleicht sagen. Wie lange? Bis zum Ende des Zweiten Weltkriegs, der Ära Roosevelt? Ein bißchen länger vielleicht? Die fünfziger Jahre waren vielleicht das goldene Zeitalter gewesen, in der eine Kultur ihren Höhepunkt erreicht, hier genau wie daheim in Schweden. Sicherlich waren die fünfziger Jahre die letzte Zeit, in der die USA mit ihrem eigenen Bild übereinstimmten. Ein neues Bild gab es nicht. Was es jetzt gab, war etwas völlig anderes. Ein Land, das dabei war, fremd zu werden in einer Welt, die noch fremder war.

Um eine lange Geschichte kurz zu machen: ein Mädchen namens Eleonora mußte sich in diesem Land viel fremder fühlen, als er es je getan hatte. Sie kam aus einem Leben, das vielleicht genauso fremd war wie Dantes Inferno.

Und hier mußte sie darauf gefaßt sein, jederzeit bei einer Razzia der Einwanderungspolizei festgenommen zu werden, wenn sie dumm genug war, in einer Restaurantküche oder an einer ähnlichen Stelle zu arbeiten, wo es häufig Razzien gab. Man würde sie in einen Bus setzen und abschieben.

Er riskierte es, die Frage zu stellen:

– Warum sind Sie zurückgefahren, Eleonora?

– Hierher?

– Nein, nach Columbia?

– Meine Mutter war alt und krank. Sie ist dann gestorben.

– Lange danach?

– Ein paar Monate. Ein halbes Jahr ungefähr. Es ging ihr sehr schlecht. Sie hatte Knoten im Bauch, die immer mehr wuchsen – Krebs. Sie brauchte Medikamente. Aber Medikamente sind in Kolumbien sehr teuer. Sie kommen aus den USA.

So war das also. Sie hatte den Tod ihrer Mutter abgewartet.

Und dann hatte es Jahre gedauert, bis sie genug Geld zusammengekratzt hatte, um die Reise noch einmal zu machen. Man brauchte sehr viel Geld, es hatte wirklich mehrere Jahre gedauert, es zusammenzubringen.

Sie hatte Kaffee und Zigaretten verkauft. In einer Art Kiosk. Nein, kein Kiosk, der fest auf der Erde stand. Einer, den man morgens aufschlug und abends mit nach Hause nahm. (Dicks Spanisch reichte nicht aus, um richtig zu verstehen, wie diese bizarre Vorrichtung ausgesehen haben mochte.) Aber mit der Zeit hatte sie genug zusammen. Für Dick, der praktisch einmal im Monat zwischen Europa und den USA pendelte und ungefähr jedes dritte Jahr Neuseeland und Australien besuchte, war es ein bißchen unheimlich, sich vorzustellen, daß ein Mensch drei oder vier Jahre lang arbeiten mußte, um nach einem Besuch bei der kranken Mutter wieder hierherzukommen, nach Texas. Es war wohl so, daß nicht alle Menschen in derselben Welt lebten. Es gab eine Welt für das Kongreßvolk, Geschäftsleute, *Experten auf reisendem Fuß*, Hotelgäste mit griffbereitem Handy. Und eine andere Welt, in der alle Menschen sich auf der Flucht über Grenzen befanden. Und die eine Welt reiste herum und hielt Konferenzen über die andere ab.

Was sie das erste Mal in den USA gemacht habe?

– In Houston Büros geputzt. Nachts. Das ist eine Arbeit, die tagsüber nicht zu erledigen ist. Da sind die Büros ja in Betrieb.

Aber, fuhr sie fort, mit einem kleinen Lächeln, das vielleicht ironisch gedeutet werden konnte, es hatte einen Vorteil: man konnte schichtweise in der Wohnung, *el appartemento*, schlafen. Sie waren da zu so vielen.

– Wie viele denn?

– Eleonora, Gloria, Lucrezia, Lucrezias Mann und dann Tomás, Glorias Sohn, der elf war und damals in die amerikanische Schule ging.

– Das klingt nach enorm vielen Leuten?

– Es waren enorm viele.

– Aber die Wohnungen sind doch da so teuer.

– Hier in Austin sind sie noch teurer.

Wo sie wohnte?

Jetzt oder damals?

Diese kleine magere und starke Frau besaß ein Streben nach Genauigkeit, nach begrifflicher Präzision, das ihm gefiel. Irgendwie war es verbunden mit ihrem Ordnungssinn, der Art, wie sie stets jede Sache in die richtige Schublade legte. Dick konnte sich vorstellen, daß diese überfüllten Slumwohnungen, in denen sie lebte, wenigstens eine wohlgeordnete Ecke gehabt hatten, und das war die Ecke, in der Eleonora sich aufhielt.

– Jetzt, meine ich.

Stassney. Eine Straße ganz im Süden, eine laute Straße mit viel Durchgangsverkehr und einem Mietskomplex, der *Die Antillen* hieß. Dick hatte eine vage Erinnerung, daß er auf dem Weg zu der hervorragenden Sportradbahn südlich der Stadt daran vorbeigefahren war. Eine fast endlos lange Straße (sie mußte mindestens zwanzig Kilometer lang sein), gesäumt von kleinen mexikanischen Feinkostläden, billigen Reparaturwerkstätten, Pfandleihen und Geschäften, die großzügig bekanntgaben, daß sie Schecks von der Sozialhilfe einlösten. Die Mieten in solchen Mietshäusern waren oft genauso hoch wie in den feinen Vierteln der Innenstadt. Die Vermieter sicherten sich gegen Überraschungen ab: daß Mieter plötzlich verschwanden, ohne die letzte Monatsmiete bezahlt zu haben, daß Waschbecken kaputtgingen, daß heiße Kochtöpfe auf die Sperrholzplatten in der Küche gestellt wurden und Brandflecken hinterließen. Es konnte immer so vieles passieren. Und dafür konnte man viel Geld verlangen.

In den südlichen Stadtteilen warteten immer ziemlich viele Leute an den Bushaltestellen. Es war das autolose Volk, die meist visumlosen (und daher auch führerscheinlosen) Menschen, Nannys und Putzfrauen und Gelegenheitsarbeiter unterwegs zu oder von ihrer Arbeit in einer explosiv wachsenden Stadt, die einen immer größer werdenden Bedarf an dieser Sorte von Arbeitskräften hatte, weil sie willig, effektiv und vor allem billig waren.

Wie lange es dauerte, mit dem Bus hierherzukommen?

Ungefähr eineinhalb Stunden, es gäbe drei verschiedene Linien und viel Wartezeit an den Bushaltestellen. Gegen fünf, wenn in südlicher Richtung Stoßverkehr herrschte, dauerte es gewöhnlich länger.

Dick erkannte (und es war das zweite Mal, daß er

sich bei dieser friedlichen Kaffeestunde am Gartentisch schämte), daß, wäre er je auf die Idee gekommen, diese Frau in seinem BMW nach Hause zu fahren, sie vermutlich weniger als eine halbe Stunde gebraucht hätten. Vielleicht nur eine Viertelstunde.

– Würden Sie mir eine Zigarette geben, Eleonora?

– Ich dachte, Sie hätten das Rauchen aufgegeben, Señor Dick?

– Nur in Amerika. In Europa rauche ich immer. Zigarillos. Holländische Zigarillos.

– Aber jetzt sind wir doch in Amerika?

– Es ist eine Ausnahme.

Sie lachte still und zog eine zerknüllte Packung aus der Jeanstasche. Gab es einen vernünftigen Menschen, der seine Zigaretten in Jeanstaschen verwahrte?

Er war ein Anthropologe auf einem fremden Planeten. Oder er war ein Anthropologe, der versuchte, einen Einwanderer von einem fremden Planeten kennenzulernen.

Wir gehen jetzt ins Haus, sagte Dick und löschte die Zigarette. Hier draußen ist es viel zu warm.

Eleonora nickte und drückte diskret ihre Zigarette im nächsten Blumentopf aus. Dick mißfiel es, wenn man Zigaretten in seinen Blumentöpfen ausdrückte. Er überlegte, ob sie es oft so machte. Oder tat sie es vielleicht nur deshalb, weil er sie zur Eile antrieb?

Kaum durch die Gartentür gekommen, zog er sie eng an sich. Sie strahlte eine Wärme aus, die nicht nur von der Mittagswärme des Oktobertags da draußen kam. Er spürte ihren sehr festen und flachen Bauch und drückte still die Lippen auf ihren Hals. Unter den Lippen konnte er ihren Puls fühlen. Es war jetzt ein sehr rascher Puls.

JEDER MENSCH ENTWICKELT seine Eigenheiten.

Dick Olsson zog sich ungern die Schuhe an, denn er geriet immer außer Atem, wenn er sich so weit hinunterbeugen mußte, um widerspenstige Socken überzustreifen und die Schnürsenkel zu binden. Dabei war er alles andere als korpulent oder kurzatmig. Im Gegenteil, es lag an den Socken. Sie schienen von Jahr zu Jahr immer enger und widerstrebender zu werden. Sogar die neuen. Er hatte für sein Alter einen durchtrainierten, fast athletischen Körper, bei dem Bizeps und Trizeps, und wie diese Muskeln alle hießen, ganz deutlich unter der Haut hervortraten. Das war dem Tennis zu verdanken. Wenn er zu Hause war, spielte er am Mittwochabend bei elektrischem Licht im Casewell Tennis Courts mit dem Anwalt Lindsey und ein paar Ladenbesitzern aus dem Zentrum, die keine Zeit hatten, weiter als bis zu Casewells zu fahren. Oft schauten die Spieler auf die Uhr, brachen mitten im Set ab, ja, sogar mitten im Game, vermerkten den Stand in einem Notizbuch, das sie gemeinsam führten, um am nächsten Mittwoch genau da weiterzumachen. Auf diese Weise wurde es ein etwas ruckartiges Tennis, aber es funktionierte. Dick machte sehr selten einen Doppelfehler. Er war, wenn die Inspiration kam, mit erstaunlicher Geschwindigkeit am Netz.

Nein, es hatte eher etwas mit Kindheit zu tun, mit Eile und mit Schule. Die Schuhe nach der Turnstunde anziehen, bevor die nächste Stunde losging.

Noch heute konnte er keine Strümpfe und Schuhe anziehen, ohne das Gefühl zu haben, jemand stehe über ihm und treibe ihn an. Und schon verhedderten sich die Schleifen. Wer da über ihm stand, wußte er nicht mehr. Irgend jemand.

Das zweite war die Sache mit dem Rasieren. Dieselbe langweilige Prozedur, tagein, tagaus, jahrein, jahraus.

Er schob es immer so lange wie möglich hinaus. Beispielsweise indem er lange unter der Dusche stand, mit einem dünnen Strahl sehr heißen Wassers auf dem Kopf, und sich einfach Bilder ausdachte; eins nach dem anderen in einer nie versiegenden Folge. Einige dieser Bilder waren so anständig und ordentlich, daß man sie anderen Menschen hätte zeigen können: Fußballspieler auf grünem Rasen vor dem Hintergrund eines aufziehenden Gewitters. Andere waren ausgesprochen sexuell, wieder andere richtig monströs. Doch diese Flut von Bildern – man hätte sie malen können – gab ihm die Möglichkeit, aus der privaten Wirklichkeit der Nacht, das heißt des Traums, in den öffentlichen Raum überzugehen, den man mit all den anderen teilt. Und so vage, so sonderbar und auf unterschiedliche Art verboten waren einige dieser Bilder, daß er sie nie von der einen Welt in die andere hatte mitnehmen können.

Quälender war das Rasieren. Oder vielleicht war es das Gesicht, das aus dem beschlagenen Spiegel hervortrat.

Dick hatte einen ziemlich massigen Kopf, eine hervorspringende, sehr gerade Nase, einen runden, kräftigen Schädel, der blank war, bis auf einen Streifen Haare über jedem Ohr. Und die Glatze erstreckte sich bis hinunter in den Nacken. Er nahm es sehr genau damit, daß die wenigen Haare, die er noch besaß, sorgfältig geschnitten und gebürstet waren. Erstaunlicherweise waren sie immer noch braun. Oder fast braun. Die Ohren lagen dicht am Kopf an, und es kam ihm so vor, als wären sie jetzt ein wenig größer als vor zehn Jahren. Die Ohren, hatte ihm jemand gesagt, hätten die Tendenz weiterzuwachsen, nachdem das übrige Wachstum längst aufgehört hätte. Vielleicht war etwas daran? Die Augen unter den ziemlich markanten, buschigen Brauen waren kühl-blau. Jemand hätte vielleicht gesagt, sie wären intelligent. Jemand anders, sie hätten etwas Exzentrisches. In ihrer Tiefe war ein kleines Flirren. Diese Augen waren auf jeden Fall Augen, die verrieten, daß jemand hinter ihnen wohnte. Und das Gesicht, das er jetzt allmählich in dem beschlagenen Badezimmerspiegel zu erkennen begann (den er immer wieder mit einer Ecke des Handtuchs abwischen mußte), machte nie so ganz den Eindruck, zu ihm zu gehören. Es besaß die tiefe Sonnenbräune, die *Grundierung*, wie er es gern nannte, die man nur nach vielen Jahren in einem sehr sonnigen Land bekommt, und es hatte mehr Falten, als er eigentlich verdient zu haben meinte. Besonders um die Augen herum. Es war, als hätte er zu vieles gesehen und als hätte es sich dort abgelagert.

Jeglicher Hang zur Boheme war Dick fremd. Er hatte stets die Kollegen verabscheut, die sich um die Sechzig lange weiße Haare und andere artistische Raffinessen zulegten. Ingo Larsson, sein Rivale und

Partner, dieser alberne Guru, der sie schließlich alle miteinander ausgetrickst und sich im richtigen Moment hatte auszahlen lassen, Ingo mit dem unübertrefflichen Riecher für Trends, Ingo mit den goldenen Fingern, hatte so ausgesehen. Lange weiße Haare bis weit über den Hemdkragen und Samtjakken. Dick wollte nicht aussehen wie ein ältlicher PR-Mann. Er wollte aussehen wie ein Experte. Er war tadellos mit seinen Schlipsen, seinem Haarschnitt und den ziemlich eleganten Schuhen. Doch sein Gesicht hatte etwas Ungewöhnliches. Etwas, das ihn aus den anderen heraushob.

Nach eigener Auffassung sah er am ehesten aus wie ein alter sonnengebräunter Amerikaner. Wie ein ganz leicht exzentrisch angehauchter, faltiger, aber nicht besonders bemerkenswerter Amerikaner. Was sah er in seinem Gesicht, was die anderen nicht darin erkennen konnten?

Was denkt man, wenn man in den Spiegel schaut? Kann man sich selbst überhaupt sehen, wie andere einen sehen? Natürlich nicht! Wer meint, ein Spiegelbild sei eine Abbildung seiner selbst, versteht nicht viel von Bildern.

Einen Augenblick lang fragte er sich, wie ein Kind von ihm wohl aussehen würde. Kein beliebiges Kind, sondern ein Kind, das Dick zum Vater und die kolumbianische Dienerin Eleonora zur Mutter hätte.

Es war ganz unmöglich, sich das vorzustellen. Aber durch diesen Gedanken fühlte er sich für einen Augenblick weniger einsam.

Wie lenkt man die Aufmerksamkeit eines anderen Menschen auf sich und behält sie? Das hatte er sich fast sein ganzes Leben lang gefragt. Doch an diesem Morgen stellte sich die Frage zum erstenmal auf eine neue Art. Als hätte er sie sich noch nie zuvor gestellt.

Ein notwendiges Wissen.

Er war sehr erstaunt, sie direkt vor der Tür zu finden, beschäftigt mit dem Teppichboden auf dem Treppenabsatz. Wäre da nicht der Staubsauger gewesen, man hätte meinen können, sie wartete darauf, daß er herauskam.

Sie stellte den Staubsauger einfach ab. Sie schien nicht im mindesten überrascht, ihn zu sehen. Frauen wissen immer Bescheid. Sie wissen es im voraus. Es ist ungeheuer schwierig zu verstehen, wie Frauen denken. Es ist überhaupt schwierig zu verstehen, wie Menschen denken.

– Eleonora, du arbeitest viel zuviel. Komm, setz dich her zu mir aufs Sofa, dann können wir ein bißchen schwatzen. Sie kam, ein wenig zögernd, und setzte sich zu ihm aufs Sofa. Er musterte sie auf eine Art, die er selbst für neugierig und wohlwollend hielt, jedoch nicht für provokativ oder herausfordernd. Es war ein bißchen so, als nähere man sich einem scheuen Haustier. Dick hatte einmal eine Katze gehabt, die gern bei ihm saß, die er aber nicht streicheln durfte. Das kam daher, daß jemand (nicht Dick, sondern ihr früherer Besitzer) der Katze alle Krallen hatte ziehen lassen. Eine barbarische Art, seine Möbel zu schützen, da sie die Katze ohne jeden Schutz ließ. Gegenüber allem und allen.

Es war schwer zu sagen, ob sie einen Büstenhalter trug oder nicht. Sie hatte das feine Parfum nicht aufgelegt. Trotzdem duftete sie angenehm. Ein wenig nach Gewürzen. Ein wenig nach Ambra und Moschus und ein wenig nach englischer Schmierseife für Holzfußböden.

Dick fühlte sich solchen Situationen mittlerweile nicht mehr ganz so gewachsen wie in früheren Zeiten. Das mochte physiologische Gründe haben. Er fühlte sich nicht mehr ganz so sicher. Außerdem wußte er nicht genau, wozu das alles führen würde. Es war ein Vertrauen, das mißbraucht werden konnte. Vielleicht würde dieses Mädchen – oder diese Frau – sehr lästig werden? Vielleicht würde sie anfangen, ihn um Geld zu bitten? Man konnte schließlich immer noch nein sagen. Wenn sie ihn um Geld bäte, würde er sich nicht mehr zu ihr hingezogen fühlen. Und war es nicht das, was er wollte? Es nicht mehr spüren, was ihn in diesem Moment so intensiv durchdrang, als wäre es ein Schmerz.

Kompost, das war einfach eine glänzende Idee. »Verwesung, eile…« – hieß es nicht so bei Erik Johan Stagnelius, dem großen Öländer, den er in der Schule bei Magister Kempe gelesen hatte, wenngleich mit einigen Schwierigkeiten, ihn zu verstehen. Ein rätselhafter, aber einfallsreicher Dichter.

Was für eine Idee! Richtig umgesetzt, war sie Millionen Dollar wert. Zum ersten entsprach sie, wie es heißt, dem Zeitgeist. Kompost war umweltfreundlich. Die Sachen sollten nicht mehr verbrannt oder zerkleinert oder aufs Meer geschickt werden. Sie sollten vermodern. *(Die Epoche der Vermoderung ist angebrochen!)* Wurden die Bürger nicht hier und da aufgefordert, sogar in der eigenen Küche einen Kompost anzulegen? Der letzte Schrei war Wurmkompost, eine wimmelnde, weißbäuchige, vermutlich äußerst hygienische, geschlossene Anordnung, die – angeblich geruchsfrei – die alten Mülltüten in der Küche ersetzen sollte.

Und handelte nicht die Hälfte des politischen Journalismus von Institutionen, die sich auflösten, im Zerfall befanden? Die Sowjetmacht hatte sich zersetzt, die internationale Politik Amerikas hatte sich aufgelöst, die alte institutionell begründete USA mit ihren Idealen von Boston und Concord wurde allmählich durch eine neue, multikulturelle ersetzt, die von ihren Bürgern nicht einmal verlangte, daß sie Englisch sprachen.

Für konservative Lahmärsche und blauhaarige

Damen war das eine neue Parasitenklasse, die sich in die Wurzeln des alten wohlschmeckenden Baums bohrte. Für den Klugen war es natürlich der Beginn einer neuen Zivilisation, weiter nichts. Warum sollte die amerikanische Gesellschaft als einzige unverändert bleiben in einer Welt, in der sich das meiste in ständiger Veränderung befand?

Betrachte irgend etwas Beliebiges lange genug, und es wird sich in Wasser verwandeln.

Eine neue, byzantinische, unüberschaubare Gesellschaft wuchs langsam aus dem alten Kompost hervor. Verwesung oder Vermoderung – er war sich nicht sicher, ob er den Unterschied genau kannte, aber irgendeinen Unterschied mußte es geben –, das war nicht so wichtig. Das Wichtige an der Idee war, daß sie ein leicht widerliches, manche würden sagen, ein ziemlich ekelhaftes Element enthielt, das zugleich etwas Neues und Wachsendes verhieß. Übrigens kannte er den Unterschied: bei der Vermoderung tritt Sauerstoff hinzu, bei der Verwesung ist kein Sauerstoff nötig. Was jedoch von Stagnelius ausgeschlossen wurde. Oder nicht?

Der *Kompost* war auf seine Art eine genauso gute Idee wie der *Tropfen*, nein, viel besser eigentlich, viel stärker.

Die sanfte, eigentümlich organische Wärme, wenn man den Arm tief in einen Komposthaufen steckte, das wimmelnde organische Leben mit allen Varianten, von den Bakterien bis hin zu winzigen Milben. Die alle eine Sache gemeinsam hatten: daß sie Wärme erzeugen konnten. (Mitten in einem richtig gut funktionierenden, dampfenden Graskompost konnte es fast unerträglich heiß sein, das wußte Dick aus der Erfahrung in seinem eigenen Garten.) Was ließ sich damit nicht alles symbolisieren! Großstädte, Gesellschaften in Veränderung, das *Netz*. Wozu noch an der dämlichen Schmelztiegelmetapher festhalten, wenn es tatsächlich ein Komposthaufen war, in dem der moderne Mensch lebte! Der Gedanke war ja, hatte man ihn erst einmal gedacht, ganz natürlich.

Und hatte er nicht neulich gelesen, daß die Erwärmung des Abendhimmels, die man über größeren Städten messen kann, überwiegend aus der akkumulierten organischen Wärme nicht der Autos oder Fabriken, sondern der Körper da unten in der Tiefe stammte? Unzählige Körper. Und jeder mit seinem Geheimnis, vielleicht.

Etwas mit Kompostieren, organischem Zerfall und ansteigender Wärme schwebte ihm vor. Möglicherweise war die Idee nur ein Ausdruck seiner eigentümlich aufgewühlten Gemütsverfassung. Doch es ließ sich unmöglich vorhersagen, ob eine Idee verrückt war oder nicht. An den *Tropfen* hatte auch kein Mensch geglaubt. Nicht wirklich, bis Saab ernste Probleme mit dem elektrischen System bekommen hatte und seiner üblichen Werbeagentur nicht zutraute, die Probleme auf eine rasche, effektive und einigermaßen korrekte Art zu bewältigen.

Vielleicht hatte dieser Traum von Kompost, Verwesung und auferstandenem frischem Grün damit zu tun, daß seine Mutter gestorben war. Aber zugleich lag es ja auf der Hand, daß dies eine zeitgemäße Idee war, die ungeheuer einschlagen konnte, wenn es nur gelänge, die entsprechende Wirklichkeit zu finden, mit der sie sich verbinden ließe.

Dick hatte keine bestimmte Vorstellung davon, wozu man sie verwenden konnte. Er wußte nur, daß dieses Bild etwas sehr Kraftvolles, sehr Brauchbares hatte. In der Regel sah er Formen, lange bevor er oder jemand anders einen Inhalt hatte finden können, um sie damit zu füllen. Er sah bereits mehrfarbige Bilder von Wurmkompost vor sich, während er die Treppe hinauflief, um sich mit dem Terminkalender, dem Reisebüro und Klientenkonten in mindestens drei Städten zu befassen. Aber vor allem, um einige Gedanken über Kompost und Vermoderung auf das oberste großformatige Blatt auf dem Skizzenpult zu kritzeln.

Hatte er nicht jüngst im *Wall Street Journal* gelesen, daß irgendein Umweltprophet, Erfinder der merkwürdigen Biosphäre draußen in der kalifornischen Wüste, gesagt hatte, um den Planeten zu retten, sollte man am besten achtzig Prozent der Menschheit ausrotten, vorzugsweise Europäer und Amerikaner, da diese am meisten Verschmutzung verursachten? Dieses »Rettet den Planeten« – was in Gottes Namen es auch bedeuten mochte – war im Moment sehr in. Offenbar war es ein Ziel, das man sogar dazu benutzen konnte, Völkermord in größerem Ausmaß zu rechtfertigen. »Rettet den Planeten.«

Was für ein Hochmut! Was für eine Beschränktheit! Hatte dieser verdammte Planet seinen Weg durch die Jahrmillionen nicht ganz gut gemacht, bevor die Umweltschützer auf den Plan traten? Die

Leute waren wie besessen. Es gab kein noch so widerliches kleines Insekt mehr, das nicht bewahrt werden mußte, selbst wenn es im eigenen Frühstückskäse hauste! Andererseits hatte Professor Livingstone von der University of Texas neulich in einer Tischrede im Klub *Town and Gown* berichtet, daß in der ganz normalen und unberührten Natur mehrere hundert Arten pro Jahr aussterben. Während zugleich neue entstehen.

Dick, der sich an gewissen Tagen fühlte wie ein zwar immer noch kreativer (manchmal sogar potenter), aber schon grimmiger älterer Herr, fragte sich, ob dieses Umweltgeschwätz in Wahrheit nicht der Anfang einer neuen Art von Reinheitsdenken war, mit dem es sich rechtfertigen ließe, erneut einige Millionen Menschen der einen oder anderen Sorte hier auf der Welt umzubringen. War Braun nicht eine Form von Grün? Oder wie war das eigentlich in der Farbenlehre? »Grün ist braun!« Was für ein fabelhafter Slogan, falls jemand auf die Idee käme, eine Kampagne gegen die Umweltbewegung zu bestellen!

»Kompostierung, Zerfall, ansteigende Wärme, wimmelndes Leben aus dem Zerfall. Tod und Auferstehung«, notierte Dick Olsson.

Und zum erstenmal an diesem Tag empfand er so etwas wie ein wachsendes Selbstvertrauen.

Er hatte sich entschieden. Wie auch immer es mit Dallas und San Antonio gehen mochte. San Antonio mußte er verschieben. MacFarlane & Heidrich hatten, gemäß der letzten E-mail, neue, total widersprüchliche Signale erhalten. Mal sollte das Treffen Anfang nächsten Monats in Paris stattfinden, mal morgen in Washington. Bis eine höhere Instanz befragt worden war, die erklärt hatte, man würde innerhalb von sechs Stunden einen neuen Treffpunkt mitteilen, und er würde vermutlich irgendwo in Zentraleuropa liegen. Mr. Olsson wurde gebeten, seinen Terminkalender noch ein Weilchen offenzuhalten. Möglicherweise war das so zu verstehen, daß sie bereits einen anderen Berater mit noch besserem Renommee gefunden hatten, aber sollte das der Fall sein, wäre es ihm wurscht. Obwohl ihn der Schwierigkeitsgrad des Auftrags reizte, hatte Dick die ganze Unternehmung allmählich ziemlich satt.

Wie es jetzt aussah, konnte er genausogut die einzige Nachmittagsmaschine nach Chicago nehmen und dann weiter nach Stockholm fliegen. Er hinterließ bei MacFarlane & Heidrich, er sei über die Anwaltskanzlei Landahl & Bauer zu erreichen. So sollte es sein. Offenbar hatte er sich entschieden, Gott weiß, wofür. Aber für irgend etwas hatte er sich entschieden.

Womöglich war es auch so, daß er nur ein dringendes Bedürfnis hatte, aus seinem Haus herauszukommen.

Es ist seltsam, sagte er sich. Aber ich habe mich in eine eigentlich häßliche, mir wohlbekannte und banale Frau verliebt. Das kann unmöglich ich sein, dem etwas so Merkwürdiges zustößt.

Er streckte still die Hand aus, um festzustellen, daß sie tatsächlich eine Art Büstenhalter trug. Oder eher so etwas wie ein Unterhemd. Diese Frau war nicht ganz auf die übliche Weise angezogen. Von einer Kolumbianerin war das vielleicht nicht anders zu erwarten. Sie hatte in diesem Augenblick jede Chance, aufzustehen und zu gehen, ihm eine angemessen theatralische Ohrfeige zu verpassen oder warm und weich in seine Arme zu gleiten, wie es in Romanen zu heißen pflegte.

Eleonora tat nichts dergleichen. Sie lächelte ein sanftes und freundliches Lächeln, hielt ruhig seine Hand auf ihrer Brust fest (auf der rasch steif werdenden Brustwarze) und blieb sitzen, als wäre sie in ihre eigenen Gedanken versunken.

Herrgott, worauf wartet sie? fragte sich Dick. Auf irgendein *Angebot*? Da kann sie lange warten. Oder wartet sie nur darauf, daß ich weitermache? Oder bedeutet dieses Lächeln etwa, daß sie mich einfach für so alt hält, daß ich total harmlos bin? Sie findet, ich bin *ein harmloser glatzköpfiger alter Mann*! Zu dem sie ruhig ein bißchen nett sein kann. Ohne Risiko! Und womöglich mit der Chance einer klitzekleinen Gehaltserhöhung? Sie meint, ich bin ein guter Onkel.

Es ist uns nie so gut gegangen wie in den fünfziger Jahren, pflegte sein Vater zu sagen. Und es wird nie besser werden als damals. Das Jahrhundert hat in diesem Jahrzehnt seinen Höhepunkt erreicht.

Bestimmt hatte er recht. Objektiv und aus einer schwedischen oder extrem westeuropäischen Perspektive hatte er natürlich völlig recht. Die fünfziger Jahre waren eine Art Goldenes Zeitalter. Es gab beispielsweise erstklassige Gymnasien, an denen ehemalige, in ihrer akademischen Karriere gescheiterte Dozenten Latein, Griechisch, Spanisch unterrichteten, eigentlich alles, was man sich an ordentlichem, solidem und brauchbarem Wissen aneignen wollte. Diese Gymnasien waren ziemlich elitär, abgestimmt auf eine herrschende Klasse. Aber das Gute an den fünfziger Jahren war, daß man während einer kurzen Periode dort aufgenommen wurde, auch wenn man nicht zur Oberschicht gehörte.

Wenig später hatte man das Problem auf die mittlerweile übliche Art gelöst. Indem man behauptete, die Ausbildung zum Friseur hätte den gleichen Wert wie die klassische Bildung.

Überall das gleiche: nie würde eine Zeit kommen, in der alle Menschen Zugang zu den hochwertigen Waren erhielten, und deshalb versah man Massenprodukte mit dem Etikett der Qualitätswaren.

Sie hatten damals in Västerås gewohnt, in den fünfziger Jahren. Papa Kurt hatte als Reporter bei der *Länstidningen* gearbeitet. Und massenhaft Geld verdient, gemessen an dem, was er früher gewohnt war. Zuerst mit Reportagen für den Lokalteil, später, als er älter wurde, als Kolumnist, und mit der Zeit dann als Archivleiter.

Auf Dick hatte das stets den Eindruck einer äußerst simplen Arbeit gemacht. Kurt schlief immer bis um zehn und trollte sich gegen elf in die Redaktion, um sich seine Aufträge abzuholen. Nachmittags ein bißchen Herumfahren und dann das schnelle Schreiben zwischen fünf und sechs, wenn die Manuskripte abzuliefern waren. Dick, dem das Schreiben und dergleichen Tätigkeiten sehr leicht fielen, konnte nicht verstehen, daß irgendein Mensch mehr als höchstens vierzig Minuten auf diese schlichten Artikel über Stallbrände und Rockerbanden und Fahrraddiebstähle und Atomschutzkeller verwenden konnte, mit denen Kurt sich vorwiegend befaßte. Es war für Dick wirklich unfaßlich, wie der Vater Stunde für Stunde mit dem Schreiben von solchen Sachen verbringen konnte. Überhaupt war Dick ziemlich unzufrieden mit Kurt. Er nannte ihn nie »Vater« oder »Papa«, sondern Kurt, basta.

Später, auf seine älteren Tage, war er also im Archiv der Zeitung gelandet. Ein eigentümlicher Raum im Zwischengeschoß des alten Zeitungshauses in der Stora Gatan, mit grünen Lampen, die tief von der Decke herabhingen, Regale mit kolossalen gebundenen Bänden, eine uralte Schreibmaschine der Marke Underwood auf dem großen Bibliothekstisch in der Mitte. Und endlose Mengen von gelben Karten in kleinen herausziehbaren Fächern, die Kurt mit einer kleinen Goldrandbrille auf der Nase kurzsichtig blinzelnd ausfüllte.

Warum er eigentlich dahin verbannt worden war, hatte Dick nie so recht begriffen. Er trank ja nicht, rauchte nicht einmal. Vielleicht hatte er es am Herzen. Aber Dick hatte davon nie etwas gehört.

Natürlich konnten diese kleinen gelben Karteikarten seine Zeit nicht ausfüllen. Das taten sie auch nicht. Womit er sich wirklich beschäftigte, da drinnen im Archiv, und nicht selten bis tief in die Nacht, das war sein schwedisches Pseudonymlexikon. Ein Buch, das Dick in den letzten zwanzig Jahren nicht aufgeschlagen hatte, von dem er aber hoffte, daß es in dieser Welt zu irgendwelchem Nutzen sein würde. Kurt Olssons »Schwedisches Pseudonymlexikon« war ein ziemlich respekteinflößender Band in gelbem Leinen, der jedes erdenkliche schwedische Zeitungspseudonym seit der Periode der Freiheitszeit im 18. Jahrhundert bis ins Jahr 1950 verzeichnete. Journalisten verwendeten früher ja mit Vorliebe Pseudonyme, selbst wenn sie ganz und gar durchsichtig und bekannt waren. Sogar Poeten schrieben im 19. Jahrhundert eine Zeitlang unter Pseudonym.

Warum es so wichtig sein sollte, die Pseudonyme schwedischer Schriftsteller und Journalisten aufzuspüren, war wie gesagt eine Frage, die Kurt nie so recht hatte beantworten können. Es war lange her, seit Dick eine schwedische Bibliothek besucht hatte. Man hatte ihm gesagt, das Buch gehöre zum Bestand aller öffentlichen Bibliotheken in Schweden. Dick hatte keinen Grund, das zu bezweifeln.

Würde von ihm übrigens mehr bleiben als von

Kurt? Wer würde sich im dritten Jahrtausend an den *Tropfen* erinnern? Oder an die großen Kungsholms-Kampagnen? Blieb von ihm nicht viel weniger? Wer studierte schon die Geschichte der Werbung? Bestimmt nicht die Werbeleute. Möglicherweise der eine oder andere Sozialhistoriker. Bestenfalls. War die Werbung überholt und wirkungslos, wurde daraus Kultur.

So ist es mit allem, dachte Dick. Wenn es anfängt zu sterben, wird es fein. Die Kultur ist eine Art Moos, das auf Baumstümpfen wächst. Wenn Städte in Europa oder Amerika aus diesem oder jenem Grund ihr reges Wirtschaftsleben einbüßen, beginnen sie immer, fein zu werden. Sie ziehen Theatergruppen und Kunstgalerien an, und in den Restaurants ist das Personal auf besondere, historische Weise gekleidet.

Kompost...

In diesem Augenblick faßte er Eleonora behutsam unterm Arm, ihrem weichen Arm, warf die Zigarettenkippe in die Mülltüte in der Küche, fast ohne nachzuprüfen, ob sie richtig ausgedrückt war.

Sie nahm es ihm nicht übel. Eleonora war es gewöhnt, daß Señor Dick ihre Plauderstündchen am Gartentisch auf eine plötzliche und impulsive Art beendete. Sie mußte schließlich wissen, daß er ein sehr aktiver, vielbeschäftigter Mann war. Der Unterschied war nur, daß er sie diesmal mitnahm.

– Komm jetzt. Wir gehen eine Weile hinein. Das hier wird langsam unerträglich. Meinst du nicht auch, Eleonora?

Sie nickte nur.

Alles, was nun folgte, geschah auf die natürlichste Weise der Welt. Es war eigentlich eine völlig natürliche Sache, eine Frau – wie die Bibel sagt – »zu erkennen«. Diese war seit ziemlich langer Zeit die erste, die er erlebte. Sie zögerte nicht. Ob er sie ausziehen sollte, diese Frage stellte sich überhaupt nicht. Sie tat es selbst. Ruhig und entschlossen. Dick fiel auf, wie schlicht, wie total unglamourös ihre wenigen Sachen waren. Sie duftete fremd und zugleich vertraut. Und etwas war dabei wie aus einer fremden Welt. Dick wußte nicht, sollte er sich als Eroberer fühlen oder als Eroberter.

Sie schien wirklich alles andere zu vergessen, als Dick zu ihr kam. Dick war stolz darauf, daß er nicht nur potent, sondern in diesem Moment vortrefflich, ja ganz ungemein potent war. Sie war keine Jungfrau, aber sehr eng. Er beschloß, daß sie hier nicht länger stehen sollten. Der weiche und frisch gesaugte Perserteppich im Wohnzimmer war ein so viel besserer Ort.

Der Übergang ließ sich nicht ganz leicht bewerkstelligen. Beim Liebesakt den Ort zu wechseln ist immer abenteuerlich. Aber er kam wieder, und zwar mit solcher Kraft, daß er wirklich fürchtete, er würde sich nicht mehr befreien können. Und eigentlich hatte er nichts dagegen. Es war eine Erfahrung, die er noch nie gemacht hatte, und er fragte sich, wie es wohl wäre.

Es war ganz merkwürdig, aber in diesem Augenblick kam es Dick so vor, als würde er diese Frau wirklich kennenlernen, ja, als hätte sich ein Fenster zu einem anderen Zimmer geöffnet. Eine andere, duftende, fremde, ganz unmögliche Wirklichkeit, von deren Existenz er noch eben keine Ahnung gehabt hatte.

– Eleonora, du sagst, kein Mann habe dich vor mir berührt.

– Das ist wirklich wahr. Keiner.

– Aber.

Sie blieben auf diese Weise, eng umschlungen, ziemlich lange liegen. Dick strich ihr übers Haar. Da war ein Schweißtropfen, ein einziger, der anscheinend unbeweglich auf ihrer Nasenspitze ruhte. Es war eine sehr gerade und schmale Nase.

Es war gut, es war überwältigend gut. Es war alles gut.

Aber es war auch ein bißchen unheimlich, von einer gewohnten Weise, sich gegenüber einem Menschen zu verhalten, zu einer anderen überzugehen. Er hatte, fast durch Zufall, den Sprung von einer fast totalen Unbekanntheit zu einer Art von tiefem Wissen getan. Und hatte alles andere übersprungen, was sich dazwischen ausbreitete. Und das, was dazwischen lag, war groß wie Meere und Kontinente. Und zugleich war dieses Unwissen natürlich das Verlockende. Es war ein bißchen ein Gefühl, als würde man sich mit einem fremden Inhalt füllen. Oder für einen Augenblick seinen eigenen, allzu bekannten Inhalt bei einer Person ablegen, die einem sehr fremd war.

– Eleonora, sagte er und schob seine Hand behutsam und liebkosend hinüber zu ihrer anderen Brust, Eleonora, was ist denn so lustig?

– Señor Dick ist der erste Mann, der mich je berührt hat.

– Berührt?

Er wagte nicht, nach der Übersetzung zu fragen. Er war nicht ganz sicher, ob er verstanden hatte.

Doch Eleonora wiederholte, mit einem jetzt ganz strahlenden Lächeln und einem sanften Licht in ihren braunen Augen, tiefes Wasser, Humuswasser, in dem hier und da ein Sonnenreflex aufzublitzen schien, genau das, was sie gesagt hatte:

– Señor Dick ist der erste Mann, der mich je berührt hat.

Es war nicht leicht zu verstehen warum, aber es schien so, als würden die Passagiere der amerikanischen Inlandflüge mit jedem Jahr fetter und schleppten immer unförmigeres Gepäck mit sich herum.

Wenn man seine Mitmenschen nicht liebte – und wer wagt allen Ernstes zu behaupten, er liebe seine Mitmenschen –, wurde dieser fliegende Slum zu einem immer bizarreren Erlebnis. Dick, der selbst nicht besonders schön war, hatte stets Abscheu vor häßlichen Menschen empfunden. Als er jung gewesen war und empfindlicher als heute, geschah es, daß er im Zug diskret das Abteil wechselte, wenn er neben einem allzu häßlichen Menschen zu sitzen kam. Er konnte es nicht ändern. Er wußte, es war verboten, sich so zu verhalten. Verbotener sogar als Rassismus und Misogynie. Ein Rassist war er nicht und auch kein Misogyn. Manchmal kam es vor, beispielsweise wenn er Präsentationen für einen Klienten machte – besonders in den Jahren auf Kungsholmen –, daß er gezwungen war, mit einer ganzen Gruppe von häßlichen Menschen zu sprechen. Was meinte er übrigens mit häßlich? Eleonora war häßlich. Oder war sie es nicht? Mit häßlich meinte er eigentlich etwas anderes. Sie war häßlich auf eine Art, wie ein Wasserspeier häßlich ist. Es gab eine Menge Wasserspeier auf dieser Welt. Einflußreiche Politiker waren oft häßlich. Warum? Machte ihre Arbeit sie häßlich, oder war es vielleicht so, daß häßliche Menschen sich zur Politik hingezogen fühlten? Hatte Häßlichkeit vielleicht für andere Menschen etwas Vertrauenerweckendes? Aber wie viele Male hatte er nicht als Berater bei Kampagnen mitgewirkt, die darauf basierten, daß der eine oder andere Politiker ein Gesicht hatte, das sich auf Plakaten gut machte. Würde sich das in Zukunft vielleicht ändern? Wenn so viele Frauen in die Politik gingen? Die amerikanischen Inlandflüge waren voll von Wasserspeiern. Dick fragte sich, wie viele davon Politiker waren. Vermutlich waren die meisten Anwälte. Oder vielleicht Geschäftsleute. Menschen können nichts für ihr Aussehen. Es ist schließlich elementar. Wie konnte er nur so dumm räsonieren. Vielleicht war es etwas – wie es heißt – Psychologisches? Kindheit? Schulhof? Verdrängte Erinnerungen? Dick glaubte eigentlich weder an »Psychologie« noch an »verdrängte Erinnerungen«. Wie schnell war doch diese Sprache ausgestorben. Unter all dem anderen, was sich allmählich veränderte und verschwand. Und auf dem Kompost landete.

Nach Dallas zu fliegen ging noch an. Genau wie nach San Antonio und Houston, Orte, die er allerdings selten besuchte. Nach Chicago zu reisen wurde allmählich schon unerträglich, und Los Angeles war eine Tortur. Wie konnten sie so grotesk fett werden? Als wohlerzogener Schwede ging Dick von der selbstverständlichen Voraussetzung aus, daß die Mitglieder einer Elite stets schlank und drahtig sind. Fett zu sein war nicht nur häßlich, fand Dick, sondern auch ein Zeichen für soziale Unterlegenheit. Sein Hang zum Snobismus hatte sich im Lauf der

Jahre beträchtlich verstärkt, vielleicht als stiller Protest dagegen, schon so lange in einem Land zu leben, in dem erwachsene Menschen das Fleisch zuerst kleinschnitten – wie für ein kleines Kind – und dann das Messer zur Seite legten. Ganz zu schweigen von diesen unerträglichen Typen, die imstande waren, sich sogar an öffentlichen Plätzen wie Restaurants und Flugzeugen die Finger abzuschlekken.

(Eleonora hatte tatsächlich die Figur, die eine perfekte Dame der Oberschicht haben soll, kleine Brüste, schmale Hüften, muskulöse und federnde Schritte.)

Es war ihm bewußt, daß sein Weltbild vielleicht nicht immer – wie man heute sagte – *politisch korrekt* war, aber auf das, was politisch korrekt war, gab er keinen Pfifferling. Er war zu erfahren, um nicht zu wissen, daß das, was politisch korrekt ist, sich sehr schnell ändern kann. Damit nicht genug: mit Geld und intelligenten Manövern konnte man das politisch Korrekte beeinflussen und zutiefst verändern.

Jedenfalls: heute galt es, sich in ein Flugzeug hineinzuboxen, zwischen grotesk schwellenden Frauenhüften, ballonartigen Herrenbäuchen und soliden Ellbogen, wobei die Stewardeß nie – wie in Europa – den Gruß erwiderte, wenn man mal guten Morgen sagte, und den Kampf um die Gepäckablage auszufechten, in der die Leute Gepäck von so unnatürlichen und ausladenden Dimensionen verstauten, daß man es nicht für möglich halten würde.

Auf Inlandflügen merkte Dick wirklich, wie sehr

ihm eine aufgezwungene Gemeinschaft mit anderen Menschen mißfiel. Es kam ihm so vor, als koste es ihn die Hälfte seiner Energie, sie sich vom Leib zu halten, diese fetten oder nur allgemein unsympathischen Menschen. Die anscheinend nichts anderes im Kopf hatten als ebendieses Unterwegssein. In Europa gab es wenigstens Menschen, die lasen, hier sah man nur die eine oder andere Frau mit einem einfältigen Unterhaltungsroman auf dem Schoß oder – was man oft beim diskreten Hinschauen entdeckte – mit einem von diesen seltsamen psychologischen Büchern, die nur Kompilate der Bücher anderer Psychologen sind und davon handeln, wie man auf die eine oder andere Weise ein besserer Mensch wird, eine bessere Ehe führt, positiv und dynamisch wird oder andere zu überreden lernt.

Was für ein Elend. Und mit dieser Sorte Menschen zu kommunizieren, dafür also war er der Experte. Wie machte er das eigentlich? Indem er davon ausging, daß sie irgendwo eine innere Unruhe verbargen, einen Fleck, der weh tat und dessen Schmerz nicht zu stillen war.

Dick war mit einer ganzen Kartei von verschiedenen goldenen und platinfarbenen Karten ausgerüstet, infolge seines intensiven Fliegens. Sie sollten ihm angeblich eine Reihe von Vorteilen garantieren, unter anderem ein Aufrücken in die erste Klasse, wenn in letzter Minute noch ein Platz frei war. Da die Verpflegung aus derselben eintönigen Pampe von *lasagne* und *fried chicken* bestand, hier wie dort, und die Passagiere mit Ausnahme des einen oder anderen korrekt gekleideten Anwalts, der seine Akten studierte, die gleichen fetten Menschen waren, mit Kopfhörern in den Ohren, war der Unterschied minimal. Dick sehnte sich bei solchen Flügen manchmal nach der Lufthansa, höflichen deutschen oder holländischen Stewardessen und der *Frankfurter Allgemeinen Zeitung*.

Eine seiner Ideen war, früher oder später einige reiche und intelligente Menschen für eine teure, effektive und gut funktionierende Fluggesellschaft zu interessieren, mit Abholung des Gepäcks zu Hause, großzügig bemessenen Sitzplätzen, guten Tageszeitungen und Stewardessen, die antworteten, wenn man ihnen einen guten Morgen wünschte. Er war überzeugt, so etwas würde rasch ein Erfolg werden.

Im Grunde ging es um das Unbehagen, wenn einem andere Menschen zu nah auf den Leib rückten.

Dieses Flugzeug hielt, zumindest im großen und ganzen, den Zeitplan ein. Noch hatte es nicht mehr als drei Minuten Verspätung, und alle Zeichen deuteten darauf hin, daß der Start kurz bevorstand. Die Cateringboxen wurden in ihrem Schrank in der Pantry eingeschlossen, und die Stewardessen begaben sich an ihre Plätze. Und nicht genug damit; er hatte das Glück gehabt (dank seiner imponierenden Platinkarte), in die erste Klasse aufzurücken. Dick bestellte rasch einen Whisky vor dem Start – er trank gewöhnlich nicht auf Flügen, doch an einem Tag wie diesem hatte er es wirklich nötig. Seine Nerven vibrierten noch nach einem Vormittag, der extrem reich gewesen war an aufwühlenden, aber auch stimulierenden Erlebnissen. Er fragte sich, ob ihm wirklich ein Mitpassagier im Nachbarsessel erspart bleiben würde. Das war allerdings ziemlich unwahrscheinlich.

Der Mann, für den der Platz neben ihm offenbar reserviert war, kam tatsächlich in der allerletzten Sekunde, man hatte fast den Eindruck, die Tür wäre eigens seinetwegen noch eine Minute länger offengehalten worden. Das war durchaus möglich, wenn man sah, wer dieser Mann war. Dunkel gekleidet, mager, das silberweiße Haar sorgfältig gekämmt, eine harte kleine Ledertasche als einziges Gepäckstück, stieg Dr. Nat Nagel ein und grüßte zerstreut, während er sich ziemlich umständlich in dem Sessel neben Dick niederließ.

Nat Nagel war ein wichtiger Mann in der Stadt, ja im Staat. Nach dem Krieg aus Europa gekommen, als polnisch-jüdischer Flüchtling mit einem Zwischenspiel in Chicago, hatte er ziemlich schnell einen Lehrstuhl für *electrical engineering* an der University of Texas bekommen. Doch da war er nicht lange geblieben. Er gehörte zu diesen schöpferischen Menschen, die heutzutage überall gefragt waren. Mit Hilfe einiger sehr spezialisierter, aber absolut erstklassiger Patente hatte er bereits nach einem halben Jahrzehnt genügend kleine, hochtechnologische Fabriken gegründet, die rasch genug wuchsen und so erfolgreich waren, daß er der Universität ein Institut mit seinem eigenen Namen stiften konnte. Da er von brillanter Intelligenz war und eine außergewöhnliche Eigendynamik besaß, die vielleicht eine verdichtete innere Unruhe war, begnügte er sich nicht damit. Kaum eine Woche verging – zumindest bekam man diesen Eindruck, wenn man die Lokalblätter las –, ohne daß er mit dieser oder jener Initiative zugange war. Nicht selten waren sie gemeinnützig. Eine Arbeitsgruppe, um die dahinsiechenden kleinen Läden im östlichen Austin in Schwung zu bringen. Eine technologische Studiengruppe für Frauen aus Minoritäten. Warum sollten nicht mexikanische Frauen die Programmiersprache lernen können? In Paris waren es vor allem polnische Ingenieurinnen, die den Maschinencode eingaben. Eine Bürgerinitiative, um destruktiven Jugendbanden ein neues Betätigungsfeld zu geben; der Doktor war offenbar der Ansicht, daß sie sich zu Geschäftsleuten eigneten, da sie die Kunst beherrschten, sich selbst zu organisieren. Dr. Nat Nagel war ein Genie. Und nicht nur das, er war offenbar einer dieser eigentlich ziemlich seltenen Menschen, die allen Ernstes an den freien Willen glauben. War nicht sein eigenes Leben ein Beispiel dafür, daß dieser tatsächlich existierte?

Dick kannte ihn flüchtig aus dem Klub, diesem recht angenehmen Verein, in dem sich Geschäftsleute und Professoren am letzten Donnerstag jedes Monats im obersten Stock des *Radison Plaza* zum Essen trafen und allgemeinbildende Vorträge hörten. Er fragte sich, wieso der Doktor nicht im Privatjet flog. Selbstverständlich hatte er Zugang zu einem schnellen und bequemen Privatflugzeug. Seine Stellung war tatsächlich so, daß er zweifellos ein Flugzeug hätte borgen können, wenn er das gewollt hätte. Der Mann war offenbar darauf aus, sich selbst zu quälen.

– Oh, sagte der große Doktor – warum nicht? (Seine Augen leuchteten wirklich vor Intelligenz.)

Mein Jet? Nun, den hat meine älteste Tochter genommen. Sie wollte zu einer Hochzeit in Minneapolis. Das wissen Sie doch, Mr. Olsen, wie das ist mit den Töchtern?

– Ich habe nur einen erwachsenen Sohn, sagte Dick. Und der ist nicht gerade ein Typ, der zu Hochzeiten fährt. Er ist ein bißchen exzentrisch. Aber ich kann mir schon vorstellen, wie es ist, feine junge Töchter in der Familie zu haben.

– Die Kunst ist, sie dazu zu bringen, daß sie bei ihrem Studium bleiben, sagte Nat Nagel.

Geschäftig wie irgendein Vater aus der Mittelschicht, dachte Dick.

Zu seiner eigenen Überraschung entschied er sich für einen weiteren Whisky, während der Doktor sein Mineralwasser bekam. (Er war einer der wenigen Menschen, die in den USA »Mineralwasser« bestellten, nicht »Soda«. Ohne Bläschen.

– Ich habe gerade etwas Faszinierendes gelesen. Etwas wirklich Interessantes. Es ist möglich, daß das Leben auf diesem Planeten regelmäßig ausstirbt. In Abständen von 500 Millionen Jahren. Die explosionsartige Entwicklung im Kambrium, die eigentümliche und kolossal artenreiche ediokarische Fauna mit ihren dreiköpfigen Monstern und Extremitäten eines Typs, der mit nichts Späterem vergleichbar ist, alle diese Leben, oder Lebenssysteme, verschwinden mit eigenartiger Plötzlichkeit. Und dann beginnt alles wieder von vorn. Können Sie sich irgendeine vernünftige Erklärung dafür vorstellen, Mr. Olsen?

Als Chef ist er bestimmt nicht ganz einfach, dachte

Dick. Der Mann ist unter der ruhigen Oberfläche tatsächlich ziemlich ungeduldig.

Das Gespräch wurde dadurch unterbrochen, daß der Flugzeug-Lunch kam. Dick bemerkte, daß der Doktor seine europäische Herkunft nicht nur durch die anständige Art und Weise verriet, wie er mit Messer und Gabel aß. Er pflegte sogar noch eine etwas ältere und feinere zentraleuropäische Sitte: er vermied es sorgfältig, die Kartoffeln mit dem Messer zu schneiden, und zerteilte sie statt dessen fein und elegant mit der Gabel, wie man es in guten Familien in Deutschland und Österreich tut.

– Ein Neutronenstern in einer großen elliptischen Umlaufbahn, die es mit sich bringt, daß er jedes fünfhundertmillionste Jahr mit entsetzlich destruktiver Strahlung wiederkehrt. *Tera*-Jahre.

– Aber hätten wir ihn nicht entdecken müssen?

– Unmöglich. Ein Neutronenstern ist im normalen Spektrum dunkel. Sehr klein und furchtbar kompakt. Ein Todesstern also. Einer, der den Tod, nicht den kleinen individuellen Tod, sondern die große allgemeine Vernichtung, zum Bestandteil der allgemeinen Bedingungen des Planeten macht.

– Was für eine gespenstische Theorie! Sie läßt ja die Weltgeschichte vollständig sinnlos erscheinen!

– Ja, sie ist gespenstisch. Aber wahrscheinlich.

– *Shit happens.*

– Wie bitte?

Der Doktor war diese Art von Sprache offenbar nicht gewöhnt.

– *Shit happens.*

– Aha. Ja, so kann man es natürlich ausdrücken.

Genauso unvermittelt, wie er diese Konversation angefangen hatte, brach Dr. Nat Nagel sie wieder ab. Er tauchte plötzlich in seine kleine Ledermappe hinab und fischte ein umfangreiches geheftetes Dokument heraus, das höchst professionell wirkte. Vielleicht ein Vertragsentwurf. Oder ein wissenschaftlicher Aufsatz. Anscheinend hatte dieser Herr ein exaktes Maß an Aufmerksamkeit, das er jedem Menschen zuteilte. Vermutlich hatte Dick die Normalzuteilung bekommen. Der Doktor mußte eine außerordentlich effektive Persönlichkeit sein. Dick hatte stets eine gewisse Bewunderung für solche Menschen gehabt, die ihre Zeit vollständig im Griff haben. Es waren in Wirklichkeit gar nicht so viele.

Ungefähr eine Stunde vor Chicago begann das Flugzeug in große Achten zu schwingen. Das war für den erfahrenen Reisenden stets ein beunruhigendes Zeichen, da es darauf hindeutete, daß um den großen Flughafen herum Gedränge im Luftraum herrschte und daß man die Flugzeuge in *holding patterns* leitete. Dick fragte sich manchmal, wie lange das amerikanische Flugverkehrssystem seine eigene Überlastung noch verkraften würde. Früher oder später würde es natürlich zusammenbrechen. Es gab schon beunruhigend viele Zusammenstöße und Unglücke. Der Zentralcomputer des Flughafens in Chicago war – wollte man den Zeitungen Glauben schenken – in diesem Jahr bereits fünfmal zusammengebrochen. Ihm fiel ein, daß er, Dick, zu denen gehörte, die tatsächlich gute Chancen hatten, bei einem Flugzeugabsturz umzukommen. Er fragte sich, was für ein Gefühl das wohl wäre.

Vermutlich abscheulich. Es gab keinen Grund anzunehmen, daß solche Erlebnisse nicht wirklich abscheulich wären. Ruhe war in dieser Welt die Ausnahme, die Katastrophe die Regel. *Shit happens*, wie auf einem Aufkleber an den Autos einiger junger Männer in Austin stand.

Eine Tageszeitung ragte aus dem Behälter an dem Sessel vor ihm. Man hatte nach dem vorhergehenden Flug wieder einmal nicht saubergemacht. Wie sich zeigte, war es die gestrige Ausgabe von *The Austin American Statesman*. Eine Zeitung, die gewöhnlich jeden Morgen gegen vier mit einem dumpfen Geräusch auf den Rasen vor Dicks Haus plumpste, obwohl er selten die Zeit hatte, sie zu lesen. Es war so viel leichter, beim Frühstück die Morgennachrichten des National Public Radio zu hören. Oder, wenn man den Willen aufbrachte, sich die ersten acht Seiten der *New York Times* zum Morgenkaffee übers Netz zu holen. Der Plumps aber, mit dem der enorm dicke Zeitungspacken mit all seinen Anzeigenbeilagen auf dem Rasen landete, weckte ihn gewöhnlich auf. Nicht immer, aber manchmal, wenn er einen besonders unruhigen und nervösen Schlaf hatte. Danach war es nicht immer leicht, wieder einzuschlafen.

Dick entfaltete die Zeitung. Auf der ersten Seite gab es zwei Nachrichten. Irgendein Verrückter war festgenommen worden. Ein Gebrauchtwagenhändler. Auf dem Bild sah er aus wie ein Irrer. Er hatte offenbar weit fortgeschrittene Pläne gehabt, das Zentralfinanzamt in Austin mit einer selbstgebastelten 250-Kilo-Bombe in die Luft zu jagen.

Solche Sachen standen neuerdings oft in der Zeitung. Weil die Innenpolitik nicht besonders populär war. Die zweite Schlagzeile handelte von spanischsprachigen illegalen Immigranten. Die Fahnder von der Einwanderungsbehörde hatten in allen Luby-Restaurants der Stadt Razzien durchgeführt. Wie sich zeigte, hatten 115 der Angestellten (auf dem Bild sah man sie in Lubys netten rot-blau gestreiften Uniformen) gefälschte Personalausweise. 69 Personen waren verhaftet worden, zusammen mit 205 weiteren auf Baustellen und bei Gartenarbeiten. Die Festgenommenen hatte man umgehend mit Bussen zur mexikanischen Grenze in Laredo abgeschoben. Unter den Ausgewiesenen waren keine Kolumbianer, hingegen Bürger aus El Salvador, Honduras, Brasilien und, natürlich, viele Mexikaner. Ein Foto zeigte sechs gefälschte *Alien Registration Cards* und einen ausgestreckten Zeigefinger, der auf sie deutete. Derjenige, der darauf deutete, tat es mit der linken Hand. Die Ausweise waren elegant asymmetrisch angeordnet, um Aufmerksamkeit zu erregen. Die Sprache der modernen Werbung drang mittlerweile tief in die Darstellung der Wirklichkeit ein.

Aber das Foto, das Dick wirklich interessierte, befand sich auf der Titelseite. Oder auf der »Eins«, wie man in den fünfziger Jahren in schwedischen Provinzzeitungen zu sagen pflegte, als sein Vater dort arbeitete.

Das Foto auf der Eins war natürlich in Farbe. Es zeigte eine ziemlich lange Schlange von verhafteten illegalen Immigranten, eigentümlicherweise lauter Frauen. Die Schlange war offenbar unterwegs zu einem Bus *(Tour Gray Line San Antonio)*. Man hatte sich wohl vorzustellen, daß dies einer von vielen Bussen war. Auf dem Weg zu dem Bus, der sie nach Mexiko bringen soll, kommen die Frauen an einem Behördenauto vorbei, das Proviantpakete und Getränke verteilt. Alles hübsch und human.

Doch unter der sichtbaren Oberfläche des Bildes gibt es eine andere. Es geht um einen Transport. Menschen sind ausgewählt und beiseite geschafft worden, zum Abtransport. Daher spielt es keine Rolle, daß die Warteschlange Proviantpakete und Coca-Cola bekommt. Was wir auf dem Bild sehen, ist eine *Selektion*, und die *Selektion* mündet in einen Transport.

Dick fragte sich, ob diese Botschaft den durchschnittlichen Leser des *Austin American Statesman* erreichte. Vermutlich tat sie das. Kristallklar. Trotz allem. Nicht, weil Dachau und Auschwitz besonders aktuell waren, aber weil in den letzten beiden Jahren das Fernsehen ständig fast exakt die gleichen Bilder aus Bosnien gezeigt hatte. Genau die gleichen Menschenschlangen, unterwegs zu Bussen. Schlechter gekleidet, schäbiger, längere Schlangen. Keine Rede von Proviantpaketen.

Diese Razzien würde man nicht mehr unter den Augen der Presse durchführen, weil sie falsche Assoziationen weckten. Eleonora würde vermutlich in ein paar Tagen aufatmen können.

Wenn man dieses Bild auf passende Weise mit Bildern aus Bosnien und Kroatien kombinierte, könnte man vermutlich dieser INS-Kampagne den Garaus machen. Dafür war es allerdings nötig, einen Sponsor zu finden. Vielleicht den Unternehmerverband? Die müßten doch ein starkes Interesse daran haben, nicht plötzlich bei einer Razzia die halbe Belegschaft eines Restaurants oder einer Baustelle zu verlieren. Die Arbeitslosigkeit im Gebiet von Austin war gerade auf dreieinhalb Prozent gesunken, und es sah so aus, als würde sie weiter sinken.

Dick notierte die Idee auf dem Block, der ihn stets in der Brusttasche begleitete. Es war ein ganz kleiner grüner Spiralblock, ein Notizbuch. Er machte ihm mit seiner Drahtspirale bei den Metalldetektoren der Flugplätze jedesmal Probleme, weil er den Block immer vergaß, wenn er die Schlüssel, die Brieftasche und seine Waterman ablegte. Der verdammte Metalldetektor piepste trotzdem wie der Teufel.

Dick hatte ja in jedem Fall Transdnistrien. Er hoffte, die Bilder von den verbrannten Dörfern würden wirklich etwas Spezielles enthalten, zumindest ein Detail, das über das Übliche hinausging, mit dem man etwas anfangen könnte.

Es gab ein berühmtes Foto von der Belagerung Leningrads. Musiker, die dabei sind, das brennende Konzerthaus zu räumen. Einen Musiker sieht man halb verborgen hinter seinem Cello. Er hat es aus dem brennenden Gebäude gerettet. Es gab hundertmal schlimmere Bilder von der Belagerung Leningrads. Doch dieses Bild ging durch die Weltpresse. Der schwedische Lyriker Erik Blomberg, der auf seiten der Russen stand, hatte sogar ein Gedicht darüber geschrieben.

Etwas in der Art, etwas genau in dieser Art würde Dick brauchen.

Würden Fahnder von der Einwanderungsbehörde zu ihm nach Hause kommen und Eleonara festnehmen? So leicht wohl nicht. Sie würden vermutlich einen Hausdurchsuchungsbefehl des Richters brauchen, um in eine Privatwohnung einzudringen, und in der Zwischenzeit würde Dick bestimmt einen befreundeten Anwalt dazu bringen, einen Riesenwirbel zu entfachen. Er beschloß, in Zukunft die Haustür nicht so ohne weiteres zu öffnen. Nicht, solange Eleonora da war.

Überhaupt war er viel zu leichtsinnig damit, Fremden die Tür zu öffnen. In diesen Zeiten wußte man ja nicht so genau, ob der Staubsaugervertreter möglicherweise ein verkleideter Fahnder war. Von der einen oder anderen Bundesbehörde. Dick beschloß, bald einen Plan ins Werk zu setzen, den er den ganzen Sommer lang gewälzt hatte. Eine Wohnung in der Altstadt von Prag zu kaufen. Ein Freund mit einer tschechischen Frau hatte das kürzlich getan, und er war sehr zufrieden damit. Die Wohnungen dort waren jetzt verhältnismäßig billig. Vorläufig hatten nur die großen Firmen entdeckt, was im befreiten Zentraleuropa alles zu machen war. Sie waren eben auf Draht. Die Privatleute hatten offenbar noch nicht erkannt, daß sich hier neue Lebensräume auftaten, neue Zufluchtsorte, neue Möglichkeiten. Diese seltsame Welt, welche die Sowjetmacht so schnell und überraschend geräumt hatte, diese Welt, die auf eigentümliche Art wie in einer Gefrierbox der Geschichte verwahrt und in dem Zustand geblieben war, in dem sie sich ungefähr 1939 befunden hatte, diese Welt war in Wirklichkeit die neue *frontier*.

Der Osten war der neue Westen!

Dick war so zufrieden mit dieser ausgezeichneten Zeile, daß er sie auf seinem Block notierte.

So weit sind wir also gekommen!

Die einzige weitere Zeitungsmeldung, der es gelang, seine Aufmerksamkeit auf sich zu lenken, handelte davon, daß das Ozonloch in der Stratosphäre jetzt so groß war wie ganz Europa. Britische Experten hatten vorausgesagt, das Jahr 1995 würde im Durchschnitt das wärmste in der Geschichte der Menschheit werden. Dick hatte nicht das Gefühl, daß es wärmer gewesen war als sonst. Er hatte wie üblich ungefähr sechs Wochen in der Provence verbracht, in einem Haus in Valrugues, das er zu mieten pflegte. Das Klima war ihm in keiner Weise ungewöhnlich erschienen. Aber richtig: der Herr, der für die Mieter nach Haus und Garten sah, Monsieur Bordieu, hatte behauptet, der Schnee auf dem Gipfel des Mont Ventoux sei in diesem Jahr sehr früh verschwunden. Am 12. Juni, als Dick angekommen war, war jedenfalls nichts mehr davon da. Vielleicht war die Erwärmung der Erde wirklich ein Faktum? Dick überlegte, wie stark die Weltmeere wohl steigen würden. Würden Boston und Stockholm dann überflutet? Würde der Mälarsee wieder salzig werden? Es war schwierig, angesichts einer solchen Perspektive ein größeres Grauen zu empfinden. Wer würde als erster Weine vom Lule-Fluß verkaufen? Und wer würde die Flasche produzieren?

Shit happens. Indeed.

Dick überlegte, wie es wäre, wenn er nun in diesem Flugzeug sterben sollte. Vermutlich würde das keinen Unterschied mehr machen.

Genaugenommen war ein abstürzendes Flugzeug nicht schlimmer als ein privates Pflegeheim in Florida. Die Zeitungen brachten schreckliche Meldungen darüber, was in privaten Pflegeheimen mit den alten Leuten passierte. Man behandelte sie wie Pakete. Auch dort, wo der Aufenthalt sehr viel Geld kostete.

Und mitten in diesen Gedanken empfand er eine neue Art von Schmerz. Er war mit dem kolumbianischen Mädchen verbunden. Mit ihren schmalen Fingern. Ihren schwarzen, wohlduftenden Haaren. Eine neue Art von Schmerz, der sich rasch ausbreitete. Dick stand ihm völlig unvorbereitet gegenüber.

Dick wollte nicht in einer Pflegestation landen. Wenn man seine Todesart wählen müßte, würde er den Flugzeugabsturz bevorzugen. Aber am liebsten wollte er leben. Er hätte gern, wenn es möglich gewesen wäre, an diesem eigentümlichen Tag von seinem Alter zwanzig Jahre abgezogen.

Kurt hatte Glück gehabt. Er war auf dem Land gestorben. An einem Frühsommertag war er mit seinem alten Ford Anglia zum Sommerhäuschen gefahren, um den Rasen zu mähen. Und er hatte tatsächlich überall gemäht. Sehr sorgsam und gleichmäßig.

Fast ein bißchen zu pedantisch. Sogar über die Meerrettichstauden hatte er sich hergemacht. Als hätte er gewußt, daß er zum letztenmal sein Sommergras mähte, dort an dem kleinen Haus. Es lag in Bergslagen. Nachdem er alles sehr gründlich und gleichmäßig gemäht hatte, hatte er den Rasenmäher – er war natürlich nicht elektrisch betrieben, man schrieb ja erst das Jahr 1961 – in den Schuppen gestellt und sich mit einem Bier auf der Veranda niedergelassen. Und da war der Herzanfall gekommen.

Ein Nachbar hatte Dick angerufen. Man hatte seinen Vater direkt ins Krankenhaus gebracht. Dick hatte Kurt nicht als Toten gesehen. Das war vielleicht unglücklich. Ein Sohn sollte seinen Vater vielleicht tot sehen, um sicher zu sein, daß er nun tatsächlich die Verantwortung hat, daß er derjenige ist, der übernimmt. In der Familie die älteste Generation zu sein, war eine ganz spezielle Sache. »Der nächste

Mann zum Rasieren«, wie Ingo, der Guru am Kungsholms Hamnplan, zu sagen pflegte.

Die meisten seiner gleichaltrigen Freunde waren jetzt Großväter. Er selbst hatte ja den Jungen, aber daß der sich zusammennehmen und Vater werden würde, lag wohl nicht im Bereich des Wahrscheinlichen. Er hatte jetzt schon seit ziemlich vielen Jahren keinen Kontakt mehr mit ihm. Und das war wohl am besten so. In den letzten zehn Jahren hatte er nur angerufen, wenn er Geld borgen wollte. Dick hatte viel Geld. Er konnte ohne weiteres etwas davon verleihen, sogar an einen so miserablen Zurückzahler wie den Jungen. Nicht ganz so leicht hingegen fiel es ihm, daß dies die einzige Rolle sein sollte, die er für diesen Jungen spielte.

Ihn mit Geld zu versorgen.

Jetzt ertönte eine Lautsprecherdurchsage, daß der Flug nach Chicago verspätet sei. Das Flugzeug wurde in ein *holding pattern* über Nashville, Tennessee, geleitet. Also das übliche. Doktor Nat Nagel sah nicht einmal von seinen Papieren auf. Nichts als Wolken draußen. Wolken in gleichförmigen Haufen, so weit das Auge reichte. Das leere, monotone Gesicht der realen Welt. Polareis, Wolkendecken und alles übrige boten den gleichen Anblick. Das eine war im Prinzip vom anderen nicht zu unterscheiden.

Er konnte nur nicht begreifen, warum sein Vater so schwach hatte sein müssen. Nicht einmal der Mutter konnte er Paroli bieten. Er ließ sie schalten und walten, wie es ihr beliebte. Was unter anderem bedeutete, daß er es zuließ, daß sie ihn jeden Tag stundenlang beschimpfte. Wegen seiner Schwäche. Seiner allgemeinen Untauglichkeit. Und zum Schluß kam immer die Sache mit dem Pseudonymlexikon. Ein Wahnsinnsunternehmen. Das dem Haushalt nie auch nur eine Öre einbringen würde. Die Tage im Archiv der VLT zu verschlafen, anstatt etwas Einträgliches zu unternehmen. Dicks Mutter war geizig. Arm und geizig. Wenn er als Kind etwas gelernt hatte, dann diese Lektion: Sparsamkeit führt nicht zu Reichtum. Eher im Gegenteil.

Es kam ihm in den Sinn, daß fast sein gesamtes Leben das Resultat eines Strebens war, seinen Eltern so unähnlich zu werden wie möglich.

Manchmal fühlte er sich ziemlich einsam.

In Chicago herrschte offenbar Chaos, wie so oft.

Wenn es kein Gewitter war, dann war es ein Ausfall in dem einen oder anderen Computersystem. Der amerikanische Inlandflugverkehr stützt sich auf Computersysteme, die viel einfacher und primitiver sind als die, welche Kinder für ihre Flugsimulationsspiele benutzen, bemerkte plötzlich Doktor Nagel, als sie zum vierten- oder fünftenmal um hundertachtzig Grad in eine neue elliptische Bahn einschwenkten. Das Sonnenlicht glitt rasch über sein Gesicht mit den tiefen Falten um die Augen und auf der Stirn. Er war ein alter Mann, das sah man jetzt. Normalerweise wurde das durch seine Vitalität verdeckt. Dick fragte sich, was für eine Kindheit er gehabt haben mochte. Eine Kindheit auf der Flucht vor den Nazis vermutlich.

– Warum muß das sein? fragte Dick und merkte, daß die Frage wirklich sehr naiv war.

– Weil es kein konkurrierendes System gibt, antwortete der Doktor freundlich.

– Was haben Sie für eine Kindheit gehabt, Doktor Nagel?

Die Frage schien den großen alten Mann überhaupt nicht zu stören. Im Gegenteil – sie schien ihn zu interessieren.

– Ehrlich gesagt, ich weiß es nicht. Ich habe nämlich keinerlei Erinnerungen an meine Kindheit. Sie ist ganz einfach verschwunden. Ich habe vielleicht nie eine Kindheit gehabt. Nein, wenn ich nachdenke, wahrscheinlich nicht. Meine Kindheit hat nie stattgefunden. Ich habe auch nicht die geringste Erinnerung an meine Eltern, aufrichtig gesagt. Manche Kinder haben eine Kindheit. Andere nicht. Ich war wohl schon immer erwachsen.

Dick fragte sich, was ein Analytiker wohl dazu sagen würde. Vermutlich irgend etwas Simples und Einfältiges. (Seine jetzt schon lange geschiedene Frau Ann hatte eine Zeitlang eine Psychoanalyse gemacht. Dick fand das Ganze im Grunde genommen eher albern. Jedenfalls hatte es nicht im geringsten geholfen. Ann war trotzdem immer schrulliger geworden, hatte sich immer weiter in sich selbst zurückgezogen. Man mußte sich wohl darüber klar sein, daß es Persönlichkeiten gab, die überhaupt nicht mit den psychologischen Theorien übereinstimmten. Es war nicht ausgeschlossen, daß er selbst auch dazugehörte.)

Ingo gewiß auch. Ingo war der unberechenbarste Mensch, den er je gekannt hatte.

Gegen Ende ihrer Zusammenarbeit am Kungsholms Hamnplan, als der Kampf zwischen Ingo und seinen Anhängern und dem Rest der Agentur in einen offenen Krieg übergegangen war, kam es vor, daß man wirklich an seinem Verstand zweifelte.

Jetzt knatterte es wieder in den Lautsprechern. Zuerst verstand Dick überhaupt nichts, da die Artikulation der Stewardeß eine Menge zu wünschen übrigließ, aber als die Botschaft wiederholt wurde, verstand er allmählich. Man hatte eine ernste technische Störung.

Es war das Fahrgestell. Eine Kontrollampe funktionierte nicht so, wie sie sollte. Vermutlich war nur diese Anzeige gestört, aber da man kein Risiko eingehen wollte, mußte man das ganze System überprüfen. Und das erforderte eine Reihe von Vorbereitungen im Luftverkehr von Chicago-O'Hare.

– Teufel aber auch, sagte Dick mit einer rasch zunehmenden Unruhe in der Magengegend.

Doktor Nat Nagel neben ihm schien total uninteressiert an dem Problem. Gelassen fuhr er fort, seine Papiere zu drehen und zu wenden. Vielleicht hatte er nicht zugehört? Ältere Männer haben es ja oft schwer mit Durchsagen, die aus dem Lautsprecher kommen. Dick erklärte es ihm ausführlich. Nagel nickte und wandte sich wieder seinen Papieren zu.

– Probleme, an denen ich nichts ändern kann, habe ich zu ignorieren gelernt. Ich interessiere mich prinzipiell nur für das Erreichbare. Sonst hätte ich schon längst einen Herzinfarkt bekommen. Beispielsweise sorge ich mich nie, daß bei mir zu Hause eingebrochen werden könnte, wenn ich auf Reisen bin. Andere Menschen stecken viel Geld in große elektronische Überwachungssysteme. Ich begnüge mich mit meinen Hunden. Und lasse nie Geschäftsgeheimnisse auf meinem Schreibtisch herumliegen.

– Hunde kann man vergiften.

– Menschen auch. Ich hatte im Frühjahr ein ziemlich komisches Erlebnis. Ich mußte für zwei Wochen nach Brüssel, und ein Geschäftsfreund aus Hongkong fragte, ob seine zwei Kinder für ein paar Wochen bei mir in Austin wohnen könnten, während sie ihre geschiedene Mutter besuchten. Ich sagte natürlich ja, ich stellte mir zwei wohlerzogene junge Chinesen vor. Und genau das waren sie auch. Sie waren perfekte Hauswächter. Das Haus ist ja, wie Sie wissen, ziemlich groß. (Dick wußte es; das Haus war tatsächlich riesig, eine Art neugotischer Palast hoch oben auf einem Hügel über dem See, mit Tennisplätzen und Swimmingpools und allen möglichen Finessen, die der Besitzer, wie Dick vermutete, nie die Zeit hatte zu benutzen.) – Es war kein Problem, sie zu bitten, die Hunde zu füttern und die Blumen zu gießen. Sie erledigten das, wie gesagt, ganz hervorragend. Das war nichts Besonderes. Aber gerade als sie eingezogen waren, ein paar Tage vor meiner Abreise, ruft kurioserweise ein Herr an, der mir die modernste Alarmanlage verkaufen will. Mit einem Infrarotsucher, der merkt, wenn sich jemand im Garten bewegt – Sie können sich denken, wie Katzen und Eichhörnchen dazu beitragen, eine solche Einrichtung in Gang zu halten –, er spricht lange und beredt, und als ich schließlich doch ein Wort einwerfen kann, sage ich: Ich habe doch die Chinesen. – Aber Sir, sagt er, mit *Hunden* ist es nicht ganz dasselbe. – Wieso *Hunde*? sage ich. Meine Chinesen sind keine *Hunde*, meine Chinesen sind *richtige Chinesen*! Für eine Weile wird es ganz still im Hörer, und dann sagt er: Sir – ich glaube nicht, daß wir weiter miteinander sprechen sollten! Noch heute frage ich mich manchmal, was er von mir gedacht hat. Bestimmt nichts Schmeichelhaftes.

Höflich war er nicht gerade. Die größte Unhöflichkeit, die man einer Person erweisen kann, ist doch, wenn man zeigt, daß man Angst vor ihr hat.

Falls wir jetzt sterben, überlegte Dick, wüßte ich gern, ob es irgendeinen Menschen auf der ganzen Welt gibt, der um mich trauert oder mich vermißt. Jetzt, da meine Mutter tot ist. Von dem Bengel habe ich in den letzten zehn Jahren nicht viel gesehen. Als letztes habe ich von ihm gehört, er sei Direktor einer Firma im Industriegebiet von Hvilan geworden, die Potenzpillen und Naturheilmittel herstellt. Ginseng. Das klingt nicht gerade imponierend. Er hätte doch wirklich etwas Qualifizierteres werden können. Als er klein war, habe ich immer gedacht, er würde Arzt werden. Aber vielleicht ist Naturheilmittel zu verkaufen auch eine Möglichkeit, anderen zu helfen? Und sich wichtig zu fühlen? Von Ann habe ich seit dem letzten Winter nichts gehört. Sie führt jetzt ihr eigenes Leben. Zu mir hat sie gesagt, sie würde durch mich nur deprimiert werden. Und was für eine merkwürdige Begründung! Sie sagte, sie würde durch mich nur deprimiert, weil ich alles so negativ sehe. Ich finde nicht, daß ich alles so negativ sehe.

Ich wüßte gern, ob die Kolumbianerin wohl an mich denken würde? Vielleicht würde sie sagen, ich sei freundlich zu ihr gewesen? Vielleicht hätte ich noch freundlicher zu ihr sein sollen? Natürlich hätte ich freundlicher zu ihr sein sollen. Dick kam es in diesem Moment so vor, als gäbe es auf der ganzen Welt eigentlich keinen einzigen Menschen, der um ihn trauern würde. Das erschien ihm ein wenig eigentümlich, da er das Gefühl hatte, er hätte in den letzten zehn Jahren nichts anderes getan, als mit anderen Menschen zu verkehren, emsig und intensiv. Und nicht nur in Konferenzräumen. Auch in Hotelzimmern, Badezimmern, gemieteten Zimmern, beliebigen Zimmern und besonderen.

Vieles verschmolz in seinem Gedächtnis. Er verwechselte den einen Menschen mit dem anderen. Doch nicht alle Begegnungen waren ohne Substanz. Da gab es beispielsweise dieses wunderbare junge, schlanke und drahtige Mädchen in Houston, Beth. Doktorandin in theoretischer Physik und gleichzeitig Stripperin.

Ann, seine frühere Frau, war seit zehn Jahren wieder verheiratet mit dem früheren Vorstandsvorsitzenden seiner ehemaligen Firma, dem legendären Ingo. Einem Mann, an den Dick ungern dachte. An Ann dachte er übrigens auch nicht gern.

Er fragte sich, wie Eleonora auf die Nachricht von seinem Tod reagieren würde. Würde sie traurig sein? Natürlich würde sie traurig sein. Menschen sind gewöhnlich traurig, wenn solche Sachen passieren.

Aber würde sie ihn persönlich vermissen? Sie würde gar nicht so leicht erfahren, daß er tot war. Sie würde wie üblich am Freitag morgen zum Putzen kommen, sie würde seine Hemden und seine Unterwäsche mit der üblichen (pedantischen oder liebevollen) Sorgfalt zusammenlegen, sie würde in den Zimmern staubsaugen und Schlag elf ihren Kaffee aufsetzen. Und sie würde sich nicht wundern, wenn er nicht am festgesetzten Tag zurückkam. Sie war es gewöhnt, daß er seine Pläne änderte.

Würde am Montag wiederkommen, wie immer

höflich und vorsichtig an der Tür klingeln, um zu sehen, ob er zu Hause war. Dann den Schlüssel aus der enormen Handtasche nehmen (was schleppte sie eigentlich um alles in der Welt mit sich herum?), aufschließen und feststellen, daß es dort absolut nichts zu tun gab. Absolut nichts. Mit Ausnahme dessen, was die notorisch schwer zu fangende Maus aus der Garage (sie wohnte im Zwischenboden unter dem Arbeitszimmer) möglicherweise angestellt hätte, würde alles genauso staubfrei und aufgeräumt sein wie am Freitag nachmittag, als sie das Haus verließ.

Dick fragte sich, wer sie eigentlich war, was sie an den Tagen machte, an denen er sie nicht sah. Sie war genauso mysteriös wie ein Komet, der in regelmäßigen, vorherbestimmten Abständen auf seiner Bahn wiederkehrt, und man ahnt nicht einmal, welche Begegnungen oder Abenteuer er in der Zwischenzeit haben mag da draußen im dunklen All.

Ob sie einen Freund hatte? Natürlich hatte sie einen Freund. Einen kleinen, zartgliedrigen Kolumbianer. Wozu brauchte sie sonst das Parfum? Wie alt mochte sie sein? Er entschied sich für knapp über dreißig. Nicht mehr als zweiunddreißig, gewiß nicht.

Seine Gedanken kehrten hartnäckig zurück zu ihren kleinen festen Brüsten, die sich unter dem T-Shirt abzeichneten, eher die Brüste eines Mädchens als die einer Frau. Sie trug bei der Arbeit immer einen Büstenhalter, das konnte man sehen. Für einen Augenblick ließ Dick sie ihr T-Shirt und den Büstenhalter ausziehen, ein bißchen scheu, eins nach dem anderen. Er vertiefte sich in eine sexuelle Phantasie, die bald umfassender und kühner wurde. Er ließ eine Hand, seine Hand, an ihrem rechten Bein hinabgleiten und die feste Muskulatur unter ihren Jeans spüren. Und dann wartete er, ganz lange, bis er den Reißverschluß aufzog und ihr behutsam die Jeans abstreifte. Da läge sie bereits sehr warm, sehr weich in seinen Armen.

Falls er nun doch mit diesem Flugzeug abstürzen sollte, hätte er all das ja ebensogut in Wirklichkeit tun können. Oder hatte er es sogar getan? Tagträume und Erinnerungen vermischten sich, bis das rote Licht in einer neuen Linkskurve unter seine geschlossenen Augenlider drang. Das Leben ist jedenfalls ein ununterbrochener abschüssiger Hang, an dem es nicht einmal die Möglichkeit gibt, einen Augenblick lang zu verharren. Der Mensch ist ein seltsamer Strudel von Säften, die durch ein zerbrechliches und rasch sich veränderndes Gefäß fließen. Und doch gibt es keine anderen Augenblicke als die Augenblicke auf Erden.

Die Maschine legte sich erneut in die Kurve, der Sonnenstreifen glitt flüchtig über die Wände und kam auf der anderen Seite der Kabine zur Ruhe. Sie waren wieder unterwegs nach Chicago oder kreisten wenigstens auf einer neuen Bahn der Warteschleife.

Andererseits, dachte Dick, andererseits könnte es eine äußerst heikle Angelegenheit werden, wenn man ein Verhältnis mit seiner Putzfrau hatte. Sie würde anfangen, schlechter zu putzen. Sie würde anfangen, um Geld für notleidende Angehörige zu bitten. Sie würde vielleicht ganz neue und überraschende Seiten zeigen. Dick war alt genug, um zu wissen, wie sehr einen *Menschen überraschen können*. Er hatte nie ganz begriffen, ob es aus Pedanterie war oder möglicherweise aus einer Art von Zuneigung, daß sie seine Sachen mit dieser eigentümlichen Sorgfalt behandelte. Eine Erpressung wäre wohl nicht möglich. Wen würde es schon kümmern, daß Dick Olsson eine Affäre mit seinem kolumbianischen Hausmädchen hatte. Oder würde sie einen entschlossenen und möglicherweise sogar hochgewachsenen älteren Bruder schicken, um Geld für die verlorene Ehre seiner Schwester zu fordern?

Sie würde am Montag der nächsten Woche wiederkommen. Und es würde immer noch in jeder Ecke genauso sauber sein. Na ja, ein bißchen Staub würde sich angesammelt haben, sie würde vielleicht den Staubsauger holen und eine halbe Stunde saugen. Dann würde sie sich hinsetzen und überlegen. Vielleicht würde sie einen Nachbarn fragen. Die alte Dame im westlichen Nachbarhaus würde keine Ahnung haben, nicht einmal verstehen, was sie fragte, da sie auf spanisch fragen würde. Diese Dame schlief immer tagsüber und war in den Nächten wach.

Das nette Ehepaar mit den Kindern an der Ostseite (das übrigens gerade dabei war, sich zu trennen, und aus diesem Grund besserer Laune zu sein schien als je) würde natürlich in der Zeitung davon gelesen haben.

So würde sie es am Ende erfahren.

In diesem Augenblick teilte der Kapitän über Lautsprecher mit, das Problem sei gelöst und man nehme jetzt Kurs auf Chicago. Er bitte um Nachsicht für die Verspätung.

In den eleganten und endlosen Korridoren des Terminals von Chicago-O'Hare mit ihren eigentümlich weißlichen Gewächshausdecken verabschiedete sich Dick von dem großen Doktor, der anscheinend genau wußte, was er wollte und wie er eine Verspätung von mehr als eineinhalb Stunden handhaben mußte. Auf den großen Anzeigetafeln fand sich keine Spur mehr von der Maschine nach Stockholm. Dick begab sich zum Admiral's Club, der an der Kreuzung von zwei Korridoren lag, um seine Situation zu klären. In der Korridorabzweigung duftete es überraschend stark nach Pizza. Irgendwo mußte hier eine Pizzabude sein. Doch er hatte keine Zeit, dem nachzugehen.

Mit einem Seufzer der Erleichterung – Erleichterung worüber? Daß er nicht tot war, daß er sich endlich wieder ins Netz einloggen konnte? – stellte Dick seinen Laptop auf und öffnete seine E-mail. Er empfand jedesmal eine eigentümliche Geborgenheit, wenn er ins Netz kam. Die Nabelschnur zu einer anderen Welt. Es war, da er keine andere hatte, doch eine Art Heimat. Ein langes Memorandum von der geschwätzigen Glashütte in Småland, das er gleich übersprang. Ein Gruß aus Washington, die transdnistrische Lobby habe beträchtliches Material geschickt; Bilder von Dörfern, verwüstet von russischen Truppen ohne reguläre Uniformen; laut der Agentur in Washington ein ziemlich grauenhaftes Material, von dem sie wissen wollten, wohin sie es weitersenden sollten. Dick konnte nicht umhin, vor Kälte zu schaudern. Es war einen Moment lang, als wäre ein Eiswind durch die elegante Lounge gefahren, die auf jeden Fall eine viel zu starke Klimaanlage hatte. Rings um ihn her saßen überall Männer in grauen Anzügen, dazu einige wenige Frauen in maßgeschneiderten Kostümen und mit kurzgeschnittenen Haaren, und tippten auf ihren Laptops. Wer kein Gefangener des Cyberraums war, hing stattdessen am Telefon. Ein schwacher, aber unangenehmer Geruch nach übergelaufenem und angebranntem Kaffee lag in der Luft. Dick sehnte sich intensiv nach Europa, wo es in solchen Lokalitäten immerhin Whisky gab und wo die Geschäftsleute sich gern stiller Zeitungslektüre oder leichtem Geplauder widmeten. Mit ein bißchen Glück würde er in etwa zehn Stunden am Ziel sein. Der Klubmeister von *Town and Gown*, der alte Chemieprofessor Potter, fragte an, ob Dick am nächsten Donnerstag über *Advertising in the 20th Century* sprechen könnte. Wie sollte Dick dazu imstande sein? Er hatte keine Ahnung, wo er sich am nächsten Donnerstag befinden würde. Und schließlich eine E-mail von Beth. Sie versicherte, daß sie ihn liebte. Das war keine Neuigkeit. Tatsächlich war es ein Fortsetzungsroman. Beth wohnte in Houston. Sie war langbeinig, schlank, blond, mit unwahrscheinlich blauen Augen. Beth schickte ihm gewöhnlich jeden zweiten Tag eine solche E-mail. Offiziell war sie Schauspielerin; als Dick sie vor einigen Jahren in einer Bar in Houston kennenlernte (es mußte jetzt drei Jahre her sein, mindestens), war sie Doktorandin der theoretischen Physik; und dies und jenes in ihren manchmal langen E-mail-Briefen deutete darauf hin, daß sie sich gegenwärtig als Tänzerin in einem Stripteaselokal durchschlug. Vermutlich eine völlig unschuldige Tätigkeit. Beth war ein sehr, sehr schüchternes Mädchen. Er hatte, dachte er, eigentlich eine ungewöhnliche Fähigkeit, mit sehr schüchternen Menschen in Kontakt zu treten. Er nahm ihre Briefe mit Gelassenheit auf. Sie wollte nur mitteilen, daß sie noch existierte. Wenn er Zeit hatte, schickte er gewöhnlich eine freundliche Antwort, und obwohl er im Moment keine Zeit hatte, tat er es trotzdem: *Beth, danke für Deine lieben Zeilen. Ich bin in einer schwierigen Lage. Meine Mutter ist gestorben, allein in einer Wohnung in Stockholm, und es ist mir so peinlich, daß ich sie sich selbst überlassen habe. Aber sie hat es ja nicht anders gewollt. Eigentlich habe ich sie nie verstanden. Ich muß jetzt dort hin. Alle Reisepläne sind umgekrempelt, und ich bin einsam und unruhig. Denke an Dich. Dick.* Eigentlich dachte er an jemand anders.

Dann endlich die Nachricht, die er, aus welchem Grund auch immer, bis zuletzt aufgehoben hatte. Sie kam nicht von der Agentur, sondern direkt von der transdnistrischen Delegation in Washington. Leider habe man verschiedene Pläne aus Sicherheitsgründen ändern müssen.

Doch jetzt stünde der Termin für ein Treffen fest. Es sollte in drei Tagen stattfinden, von heute an gerechnet, im Hotel Park Consul, Tiergarten, Berlin, Konferenzraum C, Beginn 15.00 Uhr am 21. Oktober. Von Mr. Dick Olsson werde lediglich erwartet, daß er sich mit einem geeigneten Dokument ausweisen könne, etwa mit einem Paß. Für alle Fälle sei für ihn im selben Hotel ein Zimmer für eine Übernachtung reserviert. Er solle es bitte abbestellen, falls er für seine Übernachtung andere Vorkehrungen getroffen habe. Weitere Sicherheitsmaßnahmen könnten vonnöten sein und würden ihm gegebenenfalls in Kürze mitgeteilt. Von Mr. Olsson erwarte man einen kurzen Projektplan für eine Medienkampagne in den USA und Europa zugunsten der Selbständigkeit Transdnistriens. Weshalb die Herren ausgerechnet Berlin gewählt hatten, wenn sie fürchteten, von den Russen abgehört zu werden, war nicht leicht zu verstehen. Aber vielleicht war es klüger, als es zunächst aussah. Womöglich war der Treffpunkt Berlin sicherer als Washington, wenn man ungestört reden wollte.

Dick schwankte zwischen Enthusiasmus und Unsicherheit. Natürlich war das ein hochinteressantes Mandat: einem kleinen unterdrückten Volk dabei zu helfen, sich Gehör zu verschaffen. Schließlich gehörte das Schwedische Rote Kreuz zu seinen Kunden. Andererseits hoffte er stark, nicht in irgendeinen Unfug oder Betrug verstrickt zu werden. Die Agentur in Washington war verläßlich. Aber sie war nicht unfehlbar. Einmal hatten sie ihn zu einer Öko-Lobby geschickt, die sich als schierer Geschäftsbluff entpuppt hatte. Aber natürlich war es verlockend, etwas Neues zu probieren. Falls die Inspiration über ihn käme, was auf dieser Reise bisher nicht geschehen war. (Konnte man die russische Republik oder die transdnistrische mit Kompost vergleichen? Ja, vielleicht. Die Sache mit dem Kompost entwickelte sich bei ihm allmählich zur fixen Idee.)

Immerhin hatten sie eine E-mail-Adresse. Dick antwortete, er wolle sein Bestes tun, um zu kommen, und er werde versuchen, den Wünschen der Delegation zu entsprechen.

Das nun folgende erschien ihm selbst eine Spur irrational. Er setzte sich ans nächste Telefon und zog noch eine dieser magischen Karten langsam, wie es sich gehörte, durch den Schlitz des Lesegeräts (nie konnte er sich der eigentümlich sexuellen Stimulanz entziehen, welche von dieser Prozedur ausging) und kam in sein eigenes Haus. Niemand war da, bis auf den Auftragsdienst. Beth hatte angerufen und ihn sprechen wollen. Ein nettes Mädchen. Ein Herr, der die neue Tiefkühltruhe in der Garage installieren sollte, war dagewesen, aber nicht ins Haus gekommen. Sein Steuerberater hatte sich gemeldet; es sei dringend.

Er rief bei Eleonora an, zu Hause in ihrem *appartemento* draußen in Stassney. Das tat er sonst nur, wenn er ihr absagen wollte oder sie für einen Tag zusätzlich brauchte. Ein kleiner Junge war am Apparat, ihr Neffe Tomás. Es war nicht leicht, sich vorzustellen, wie viele Menschen in dieser kleinen Wohnung lebten. Natürlich hatte er sie nie betreten (und hatte auch nicht die geringste Absicht, das je zu tun). Aber bestenfalls bestand sie sicher aus zwei Zimmern und einer Küche. Wie konnten so viele Menschen darin leben? Es mußten mindestens vier Personen sein. Drei Schwestern und das Kind der Ältesten. Soviel wußte er. Vielleicht waren es noch mehr. Vielleicht sogar ein Mann. Wie konnte man in einer solchen Wohnung so etwas wie ein *Privatleben* haben? Oder hatten die Hunderttausende illegaler Immigranten, die auf diese Weise in den USA lebten, überhaupt kein Privatleben? War das nicht unvorstellbar? Aber wo sollten sie es haben? In Autos? Auf Dachböden? Vielleicht führten sie alle eigentümlich ähnliche Leben – mit *problemas* und *appartementos* und *amigos*?

Herrgott! Diese Menschen waren Fremde! Sie mußten ein für ihn vollständig unbegreifliches Leben führen! Doch das Leben, das Dick mittlerweile führte, wäre für seine Eltern genauso unbegreiflich gewesen, als sie noch im mittleren Alter waren und in einer Genossenschaftswohnung in der Föreningsgatan in Västerås lebten, mit Lennart Hyland als Radiounterhalter am Samstagabend, String-Bücherregalen, plissierten Lampenschirmen, bastumsponnenen Weinflaschen als Küchenschmuck und einem blankpolierten und liebevoll gewachsten Ford Anglia in der Garage. Bestimmt hatten sie es besser als diese armen illegalen Immigranten heutzutage, aber sie blieben einander genauso unbegreiflich.

Was wollte Dick von Eleonora?

War es eine sexuelle Angelegenheit? Hatte er sich wirklich in seine Putzfrau verguckt? Das könnte eine ganz schön lästige Sache werden. Es würde nicht so leicht sein, nein zu sagen, wenn sie ihn um Geld bäte, nachdem er mit ihr geschlafen hatte. Erpressung käme allerdings nicht in Frage. Seine Geschäftspartner waren ja gottlob nicht zimperlich. Vielleicht war tatsächlich kein Risiko dabei? Aber wollte er es überhaupt? War sie nicht eigentlich ziemlich häßlich? Mit ihren flachen Brüsten! Ganz zu schweigen von den knabenhaften Hüften! Er konnte sich nicht erinnern, sie je in etwas anderem gesehen zu haben als in sehr zerschlissenen Jeans. Wie würde sie in einem eleganten Rock aussehen? Vermutlich nicht viel besser.

Er war doch nicht etwa auf dem Weg, homosexuell zu werden? Vielleicht war es ein sonderbarer, unterdrückter homosexueller Impuls, der ihn von einer so knabenhaften und flachen Frau träumen ließ? Die außerdem bestimmt schon auf die Vierzig zuging.

Oder war einfach das Fremde, das Unbegreifliche an ihr so attraktiv? In diesem Augenblick spürte er, daß er sie haben mußte. Er verfluchte alles, was ihn daran hinderte, die nächste Maschine zurück nach Austin zu nehmen.

Dieser eigentümliche, zugleich flüchtige und scharfe Schmerz, der die Liebe war, wärmte ihn und machte ihn sich selbst unähnlich.

Seit einigen Jahren hatte er sehr stark das Gefühl, außerhalb zu stehen. Nicht mehr so recht zu den gewöhnlichen Menschen zu gehören, die in gewöhnliche Liebesaffären, Leidenschaften und Sorgen verstrickt waren. Er fühlte sich als etwas Objektiveres, Effektiveres. Ein Wesen, welches das Gewebe durchschaut hatte, das die Nornen webten, und es in einem gewissen Grad verändern konnte. Aber nicht als Mitspieler.

Das hatte eine scheinbare Ruhe bei ihm bewirkt. Statt ledigen Damen in den Bars unten an der Sechsten Straße nachzustellen, verbrachte er mittlerweile, wenn er zu Hause war, nicht selten den ganzen Abend, während er langsam einige Whiskygrogs trank, mit Videoaufzeichnungen aus Bayreuth von diesem oder jenem Teil aus dem »Ring des Nibelungen«. Er war von Wagner fasziniert. Seit Jahren plante er eine Reise ins richtige Bayreuth zu den Festspielen.

Er konnte nicht verstehen, wieso nicht alle Menschen Wagners Bedeutung erkannten. Beispielsweise im Prolog der »Götterdämmerung«, wo die drei Nornen sagen, das Gewebe sei verwirrt, sie könnten es nicht weiterspinnen. Die Welt sei plötzlich nicht mehr vorhersehbar. Und die alten Verträge hätten keine Geltung mehr.

Aus diesen Überlegungen wurde er dadurch herausgerissen, daß Eleonora sich tatsächlich meldete. So vertieft war er gewesen, daß sie ihm mindestens zweimal sagen mußte, wer am Apparat war, bis er es verstand. Rings um ihn her saßen Geschäftsleute und flüsterten mit ihren Sekretärinnen. Er fragte sich, wieso sie immer flüsterten, und hatte plötzlich selbst das Bedürfnis nach einer größeren Diskretion, als dieser Ort sie ihm bieten konnte.

– Señor Dick?

In einem Tonfall, der zugleich eine Frage und eine höfliche Aufforderung war.

– Wie geht es?

– Gut.

– Alles gut zu Ende gebracht?

– Was zu Ende gebracht?

– Den Hausputz, natürlich.

– Ja, sicher. Natürlich. Kein Problem.

– Zu Hause ist jetzt also alles in Ordnung?

– Es sah ganz so aus.

– Ich wollte eigentlich nur mit dir *reden*, Eleonora.

– Ich verstehe.

– Ich wollte nur sagen...

– Es hat *problemas* gegeben. Andere Probleme.

– Was für welche?

– Mariela hat es am Blinddarm.

– Wer ist Mariela?

– Meine Schwester in Houston.

– Das tut mir sehr leid.

– Man hat mich gestern abend angerufen. Ich fahre gleich zu ihr. Wenn ich es mir leisten kann. Die Miete hab ich gerade bezahlt.

– Wie geht es ihr?

Dick hatte keine Ahnung gehabt, daß es auch in Houston eine Schwester gab.

– Gut. Man hat sie schon operiert. Ich nehme nachher den Bus.

– Ich hoffe, daß alles gutgeht. Mach dir keine Sorgen wegen dem Geld, Eleonora. Du bekommst einen Vorschuß von mir. Sobald ich wieder zu Haus bin. Es gibt ja keine Möglichkeit, dir das Geld zu schikken. (Sie besaß natürlich kein Bankkonto, da sie keine offizielle Identität hatte.)

– Das können wir später besprechen.

– Wann später?

– Na ja. Wenn Señor Dick wieder da ist.

– Ich komme zurück, wie ich es gesagt habe. Ende nächster Woche. Ich freue mich darauf, dich wiederzusehen, Eleonora. Wirklich.

Dick beendete dieses Gespräch mit einigen völlig konfusen Höflichkeitsfloskeln. Und als er das Telefon dem äußerst ungeduldigen jungen Mann im dunklen Anzug überließ, der die ganze Zeit darauf gewartet hatte, hatte er das Gefühl, er habe sich wirklich auf peinliche Weise kindisch benommen. Oder eher wie ein Teenager. Ich bin kein schüchterner Mensch, sagte er sich. Ich habe keine Bedenken, mit einem blonden Mädchen, das ich irgendwo in einer Bar kennengelernt habe, im Taxi in der Dunkelheit zu verschwinden. Warum sollte ich bei diesem Mädchen schüchtern sein? Etwa, weil sie kein Mädchen mehr ist, sondern eine ziemlich reife Mittdreißigerin? Oder weil sie meine Putzfrau ist? Oder möglicherweise, weil sie nicht blond ist? Oder weil sie vielleicht etwas über mich weiß, das ich nicht weiß? Weil ich das Gefühl habe, sie ist wirklich, sogar wenn ich nur über sie phantasiere? Vor dem Serviceschalter hatte sich eine ziemlich lange Schlange gebildet.

Herren mit tragbaren PCs und sonderbar gleichartigen Taschen – sonderbar gleichartigen Gesichtern, könnte man hinzufügen – warteten darauf, ihre Probleme gelöst zu bekommen Dick kramte nervös sämtliche Plastikkarten heraus, die in solchen Situationen gewöhnlich zur Anwendung kamen: lauter Karten, die bestätigten, daß er in der Masse der Reisenden eine privilegierte Stellung einnahm. Das Problem war nur, daß all die anderen Damen und Herren in der Schlange einen ebenso dicken Packen von Karten besaßen.

Es würde möglich sein, Stockholm via London zu erreichen, allerdings mit einer gewissen Verspätung, informierte ihn die strahlend blickende Dame am Schalter. Mit ihrer hohen klaren Stirn, ihren elegant hochgesteckten Haaren, ihren großzügigen Dimensionen und klaren Konturen erinnerte sie ihn an Pallas Athene. Sie hätte einen goldenen Helm und einen Speer in der Hand tragen sollen. Sie schien ihren Job zu mögen, was Dick merkwürdig fand. Von Stockholm aus würde er dann, am dritten Tag, ganz leicht nach Berlin kommen können. Es gab jetzt einen Direktflug von Stockholm nach Tempelhof, so daß auch die lange Taxifahrt in die Stadt entfiel. Er würde im Handumdrehen in Tiergarten sein. Es war nicht wie früher, als man in Kopenhagen und Hamburg umsteigen mußte. Dick wurde klar, daß nicht einmal er so recht begriffen hatte, wie stark sich die Welt in den letzten Jahren verändert hatte. Darüber unterhielt er sich kurz mit der gleichbleibend wohlwollenden Pallas Athene. Sie vertraute ihm an, ihr Freund habe eine Wohnung in Prag. Neuerdings. Wohin wollte Mr. Olsson von Berlin aus fliegen? Das mußte wohl vorerst offenbleiben.

Der Flug nach London war nicht so reich an Sensationen wie der nach Chicago. Dick wurde schon gleich beim Einsteigen in die erste Klasse befördert, kraft seiner Platinkarte und möglicherweise als Entschädigung für alles, was er hatte durchmachen müssen. Er überraschte die Stewardeß, indem er sie um ein Glas Milch bat (vor dem Start), was er tatsächlich auch bekam (serviert auf einem Tablett zwischen all den Champagnergläsern für die anderen), und streckte sich, sobald es nur ging, nach dem Start in dem bequemen Sessel aus. Es war ein ziemlich merkwürdiger Tag gewesen. Das mußte man vielleicht doch sagen. Angefangen hatte es damit, daß seine Mutter gestorben war und daß Dick ein fast unwiderstehliches Verlangen verspürt hatte, seine kolumbianische Putzfrau zu umarmen. Um kurz darauf möglicherweise um Haaresbreite dem Tod bei einem Flugzeugabsturz zu entgehen. Aber das war noch nicht alles. Außerdem hatte er entdeckt, daß er wirklich sehr wenig über sich selbst wußte.

Und daß andere Leute womöglich mehr wußten.

In den Kopfhörern entdeckte er ein bemerkenswertes Musikstück, das er nicht kannte. Es war eine Art Symphonie mit eigentümlich klagenden Tanzrhythmen, alles sehr unruhig, sehr nervös. Man hätte meinen können, es handle vom Tod oder vielleicht von der Angst vor dem Tod. Dick fand es insgesamt eher beunruhigend und deprimierend, konnte aber trotzdem nicht umhin, weiter zuzuhören. Das

Ganze hatte eine seltsam schwermütige Innerlichkeit, die so gut mit seiner eigenen Verfassung übereinstimmte. Und irgendwie schien es von ihm selbst zu handeln. Es wunderte Dick, daß ein Mensch so viel Kunstfertigkeit, so viel raffinierten Klang auf etwas verwenden konnte, das offenbar der pure Schrecken war. Aber vielleicht war die Schönheit wirklich des Schrecklichen Anfang? Und beides berührte sich an einer äußersten Grenze? Gerade, als er fand, er habe jetzt genug von dieser seltsam formulierten Unruhe, geschah es: eine Altstimme, eine beruhigende, eine freundliche Altstimme, die fast unmerklich aus dem leisesten Pianissimo hervorwuchs, begann vom *Urlicht* zu singen. Dick begriff nicht so recht, was dieses Urlicht sein mochte oder woher es stammte. Doch er stellte sich ein ursprüngliches Licht vor, ein Licht, das über der Welt leuchtete, bevor es eine Welt gab. Und das dasein würde, nachdem alle verschwunden wären. Das Urlicht. Eine Art Licht am Ende des Tunnels.

Ich werde langsam alt. Ich werde langsam wunderlich. Ich werde langsam fromm, sagte sich Dick, während er behutsam die Kopfhörer ablegte.

Das Stück war Gustav Mahlers Zweite Symphonie. Er beschloß, es sich zu kaufen, wenn er das nächste Mal nach Hause zurückkehrte. Oder wenn er das nächste Mal in die Nähe eines Plattenladens kam. Er brauchte es. Dieses Urlicht. Und diesen neuen Schmerz, der die Liebe war.

Dick beschloss, auch für ihn selbst ganz überraschend, einen Brief zu schreiben. Aus der Aktenmappe holte er einen geeigneten Block und den Füller. Dieser war ein wenig ausgelaufen. Vielleicht aufgrund der Höhe. Oder weil er ihn so lange nicht benutzt hatte. Er mußte die Kaffeeserviette zu Hilfe nehmen, um die Tinte vom Griff zu wischen, und bekam obendrein einen Tintenfleck auf den Zeigefinger. Ärgerlich. Er beschloß, sich später damit zu befassen.

Er begann auf spanisch:

Cara Eleonora,

ein Anfang, der ihm jedoch zu intim erschien, daher überlegte Dick eine Weile und schrieb dann entschlossen:

Estimada Eleonora.

Formal war das natürlich korrekter. Es war genau die Art von Anrede, die man für eine geschätzte Dienerin gebrauchen konnte. Doch war sie wirklich ganz passend in der Situation, die seit heute morgen herrschte? Ließ sich »geschätzt« nicht auch als grober Zynismus auslegen? Er machte einen dicken Strich durch *Estimada*. Jetzt war nur noch Eleonora übrig. Es sah ein bißchen verloren aus. Aber es würde gehen. Das war ein schwieriger Brief. Und ihn aus dem Stegreif auf spanisch schreiben zu wollen, war wohl ziemlich gewagt. Sollte er es zuerst auf englisch versuchen? Oder warum nicht auf schwedisch? Was dieser Brief sagen wollte, müßte doch viel leichter auf schwedisch auszudrücken sein.

Dann könnte man ihn vielleicht in aller Ruhe ins Spanische übersetzen. Falls es nötig war. Womöglich genügte es schon, den Brief zu schreiben? Mußte er unbedingt die Adressatin erreichen?

Sorgfältig zerriß Dick das Blatt, das er gerade beschrieben hatte, und steckte die Schnipsel in den Behälter an dem Flugzeugsessel vor ihm.

»Eleonora, wir beide sind sehr einsame Menschen.«

Nein, »beide« war nicht gut. Es klang, als wären sie schon lange verheiratet. Diesen Eindruck wollte Dick nicht erwecken.

»Wir sind zwei – nein,

wir sind einsame Menschen.

Einsam aus verschiedenen Gründen, muß man wohl annehmen. Und voneinander verschieden. So verschieden, wie man es sich nur vorstellen kann.

Was hat Dich einsam gemacht? Kolumbien? Ein sonderbarer Staat mit Feuern an den Straßenecken und nächtlichen Schießereien und ganzen Städten, die aus den Bruchstücken alter Hartfaserplatten und aus Holzabfällen gebaut sind, und wo die Kinder an schmutzigen Abwasserkanälen spielen. (Ich habe das alles im *Time Magazine* gesehen.)

Oder ist es, weil Du nicht mehr in Kolumbien lebst?

Dann gibt es wenigstens eine Gemeinsamkeit zwischen uns. Daß wir nicht da leben, wo uns zu leben bestimmt war. Von wem bestimmt? Von Gott?

Es sind also zwei Einsamkeiten, die sich begegnen.

Zwei Verlassenheiten, oder Leeren, die sich in einem endlosen schwarzen All begegnen.

P. S. Kann die Leere an sich *schöpferisch* sein?«

Hier verlor Dick Olsson den Faden. Der Tag war lang gewesen. Vielleicht allzu lang.

Kurz vorm Einschlafen, die stille, ruhige Polarluft in zehntausend Meter Höhe als unhörbarer Sturm einen halben Meter von seinem Kopf entfernt, begann er über Pallas Athene nachzudenken. Sie hatte irgend etwas mit Odysseus zu tun. Daran erinnerte er sich. (Studienrat Holms kleiner blasser Kopf mit Fransen in der Stirn und von einem abscheulichen Knoblauchgeruch umgeben.) Stand sie auf seiten des Odysseus, oder war sie gegen ihn? Poseidon war gegen Odysseus, das wußte er noch. Poseidon gebot schließlich über die Winde. Und die waren gegen Odysseus. Aber wie war das mit Pallas Athene?

Sicher stand sie auf seiten des Odysseus.

Über Uppland, viele Stunden später, war schon strahlendes Herbstwetter, das baumbestandene Weideland unter den Flugzeugflügeln schimmerte in Rot und Gelb. Dick hatte fast vergessen, wie schön es in Schweden sein konnte um diese Zeit. Texas war fast immer grün. Die Bäume waren entweder winterlich-kahl oder tiefgrün wie im Sommer. Irgendwo in der Tiefe des Geruchsgedächtnisses spürte er, wie diese Weiden im Oktober duften, moderndes Holz und Laub, das schon die lange chemische Reise zurück in den Zerfall angetreten hat (was konnte man mit der Idee des *Vermoderns* nicht alles anfangen?). Es hatte etwas zu tun mit herbstlichen Radtouren zu unendlich fernen Zielen, und etwas damit, zu leben und nicht...

Im Servicezentrum von Arlanda, Terminal 5, im Untergeschoß, lag also, ganz wie vereinbart, ein Umschlag von Anwalt Örjan Ribbing von der Anwaltskanzlei Landahl & Bauer. So mußte es sein. Der nette Herr am Schalter verlangte selbstverständlich einen Ausweis, bevor er ihn herausgab.

Der Schlüssel der Toten war darin. Nein, nicht der Schlüssel der Toten. So konnte man das nicht sagen. Der Schlüssel ihrer Wohnung befand sich in dem Umschlag. Zusammen mit den Schlüsseln von Dachboden und Keller. Einen Haustürschlüssel konnte er nicht entdecken. Aber den hatte man inzwischen vermutlich durch einen Code ersetzt.

Ein kurzer Gruß war beigefügt, mit einigen sorgfältig abgewogenen Formulierungen, die persönlich wirken sollten und mit denen der Anwalt seinem alten Freund und Klienten sein Beileid für den erlittenen Verlust aussprach und seine Dienste anbot, falls in diesem Zusammenhang juristischer Beistand gebraucht würde. Er sprach von Nachlaßverzeichnis und Erbschaftssteuer; er wollte kurzum darauf aufmerksam machen, daß für Dick, nachdem er so lange in den USA gelebt hatte, bei einer eventuellen Erbschaft spezielle Regeln galten, und dieser sollte doch bitte in der Kanzlei vorbeischauen, wenn er Zeit hätte.

Äußerlich machten sie nicht viel her. Drei kleine Schlüssel an einem Ring mit einem Namensschild, das ihren Nachnamen trug (und keinen Vornamen). Samt dem Schlüssel zu dem speziellen Sicherheitsschloß. Viel mehr war nicht übrig. Dies war seine Kindheit und Jugend, und er stand da und hielt sie in der Hand.

In gewisser Weise könnte man sagen: ein Rätsel war gelöst.

Außerdem war da noch eine Sendung, die soeben per Federal Express aus Washington eingetroffen war. In dem Plastikumschlag lag ein großer, ziemlich dicker Umschlag mit einem eigentümlichen heraldischen Wappen in der oberen linken Ecke. Er kam von der Agentur in New York. Zweifellos waren das die Berichte und das Bildmaterial zu Transdnistrien. Dick steckte den Umschlag in das Außenfach seines Kleidersacks, ohne ihn zu öffnen. Dazu wäre vielleicht irgendwann in der Nacht Zeit.

Er blieb reglos stehen, so lange, bis der Herr am Schalter, noch immer undurchdringlich höflich, fragte, ob er vielleicht noch mit etwas behilflich sein könne.

– Nein, danke, sagte Dick.

Ihm unterlief ein eigentümlicher Lapsus, er ging zu einem der Mietwagenschalter, um einen Wagen zu bestellen, und erst als er beim Schalter der Firma Hertz angekommen war, fiel ihm ein, daß er absolut keinen Mietwagen brauchte. Er hatte seine dünne Aktenmappe dabei, mit Laptop und Ohrenstöpseln und Toilettenartikeln und dem Kundenbuch, und den Kleidersack mit zwei Anzügen und gewöhnlichen Hemden, lauter Sachen, die fast nichts wogen. Was sollte er mit einem Mietwagen? Irgend etwas an seiner eigenen Situation hatte ihm weisgemacht, er müsse weit fahren. Nach Västerås vielleicht? In die Agnegatan, wo sie damals gewohnt hatten. In den fünfziger Jahren. Als sie noch eine Familie waren und Papa Kurt noch bei der VLT arbeitete.

Nach einigem Herumtelefonieren gelang es ihm, ein Zimmer im Hotel Esplanade am Strandvägen zu reservieren, und er beschloß, zuerst in die Heleneborgsgatan zu fahren. Das Gepäck wollte er mit dem Taxi zum Hotel weiterschicken. Er hatte keine Lust, es die Treppen hinaufzuschleppen, bis in die Wohnung seiner Mutter. Warum, wußte er nicht genau.

Die Taxis waren jetzt billiger als damals, zu seiner Zeit am Kungsholms Hamnplan, als er dort ein Taxikonto hatte. Mittlerweile kam er nicht mehr ganz so oft nach Stockholm wie früher; meistens etwa einmal im Jahr. Der Kundenkreis hatte sich verändert, sich immer weiter nach auswärts verlagert. Beruflich war Schweden heute nur noch ein ziemlich unerheblicher Teil von Dicks Tätigkeitsfeld. Die wirklich interessanten schwedischen Kundenkonten befanden sich ja jetzt vorwiegend im Ausland, und die schwedischen Agenturen hatten die Tendenz, von amerikanischen und englischen Firmen aufgekauft zu werden, sobald sie eine bestimmte Größenordnung erreicht hatten. Das war eine natürliche Folge der Wirtschaftspolitik, in die Dick sich einzumischen oder die zu korrigieren er genausowenig Lust verspürte wie bei jeder anderen Politik. Das war nicht sein Ding. Früher oder später, vermutlich später, würde sich ja doch alles wieder und wieder verändern. Vielleicht würden hier wieder interessante Kunden und Konten auftauchen, und es würde eine

Schnellbahn von Arlanda in die Stadt geben, genau wie in anderen westeuropäischen Hauptstädten. Aber im Moment war es ein stilles Land. Eigentümlich still. Im Auge des Orkans.

Der Korridor Arlanda–Stockholm wirkte ordentlich besiedelt, war jedoch geprägt von einer eher ängstlichen Architektur. Er wollte kühn und interessant sein, wagte es aber nicht so recht. Es war kein rechtes Selbstvertrauen vorhanden, wie in Houston oder Frankfurt am Main.

Dick hatte nichts gegen diese Wegstrecke. Er wünschte, sie wäre unendlich. Er wollte nicht in der Heleneborgsgatan ankommen.

Ihn beunruhigten nicht sosehr die Gefühle (Trauer, Verlust, Schuld), die er tatsächlich empfand, sondern die Gefühle, die nach seiner Vorstellung von ihm erwartet wurden. Er wußte, er würde sie nicht hervorbringen können. Vielleicht würden statt dessen ganz andere Gefühle kommen? Gefühle ohne Namen.

Der Taxifahrer war diesmal ein richtiger Schwede. Ein großer, schwerer Mann um die Fünfzig, mit ziemlich kurzgeschnittenem graumeliertem Haar. So wirkte es jedenfalls von hinten. Er war nicht sonderlich beeindruckt vom Arlanda-Korridor. Auch sonst von nichts, wie es schien. Er behauptete, alles könnte jederzeit in den Faschismus umkippen. In eine Art modernen Faschismus. Es sei eigentlich nichts vorhanden, was ein Gegengewicht bildete. Wenn kein Gegengewicht vorhanden sei, könnte alles Erdenkliche passieren.

– Was heißt – *Gegengewicht*?

Zinsen, Steuern, Arbeitslosigkeit, Grundsteuern, die ehrbare Menschen aus Haus und Heim vertrieben – gegen nichts könnten *die* noch irgendwas tun. Es gäbe keine Regierung mehr. Nur noch eine Bande von Berufspolitikern, die reinste Inzucht, die in Fernsehsendungen aufträten und von den Problemen gewöhnlicher Menschen keine Ahnung mehr hätten, und auch nicht davon, was diese dächten. Aber das schlimmste sei, daß sie nicht regieren könnten. Schweden stehe am Rande des Abgrunds.

Dick war es gewöhnt, mit Taxifahrern verschiedener Länder zu diskutieren. Sie waren stets die größten Pessimisten von allen. Wenn man schwieg, konnten sie ganz wütend werden. Das war schlimmer, als ihnen zu widersprechen.

Aber wenn der Faschismus käme, dann doch wohl in einer neuen Form? Doch nicht mit Stiefeln? Und flatternden Standarten?

– Es kommt von innen, sagte der Fahrer geheimnisvoll. Es kommt von innen. Alle werden überrascht sein. Sogar die Faschisten.

Entweder war dieser Mann ein Verrückter oder ein Schamane, einer von denen, die weit in die Zukunft blicken konnten. Die gab es vielleicht. Bestimmt gab es sie.

Über Schweden hatte Dick schon längst seine Schlüsse, nein, seine Bilanz gezogen. Früher einmal, noch in Brüssel, hatte er die Schweden als ein intelligentes Volk betrachtet, das unter einer repressiven und stagnierenden Gesellschaftsordnung litt, unter Zentralismus, Bürokratie und einer an Wahnsinn grenzenden Gewerkschaftsmacht, die wahren Wohlstand verhinderte. Jetzt, da alle diese Mächte anfingen, porös zu werden und von innen zu zerbröckeln, war es besser zu erkennen, daß die Schweden ihre Probleme womöglich verdient hatten. Man sah, wie weit nördlich und wie weit östlich das Land tatsächlich lag. Die Schweden waren im Grunde genommen ziemlich träge und schlaue Bauern, mit einem gewissen Hang zum Mystischen, zum Ekstatischen, der in den Konsum von Alkohol mündete, wenn er sich nicht im Religiösen ausdrücken konnte. So war es nachts. Tagsüber konnte man sie zu einer gewissen Ordnung und Disziplin bringen, vielleicht aufgrund einer alten herrschenden Klasse von Deutschstämmigen, vor allem Adligen, die seit dem Mittelalter traditionell die Städte beherrscht hatten und bis heute in einem unglaublichen Grad Regierungsposten und Verwaltungsapparat kontrollierten. Ohne diese städtische Klasse (Modell: deutsche Autoreparaturwerkstätten unter der Leitung von korrekten Werkmeistern mit Schwalbenschwanz und Goldrandbrille) befände sich dieses Land vermutlich noch auf russischem Niveau.

Der Morgenverkehr war erträglich. Zum Tegelbacken nahmen sie eine neue Schnellstraße, die man eröffnet hatte, nachdem Dick das letzte Mal dagewesen war, im Januar. Er war recht froh, als er in der Heleneborgsgatan aus dem Wagen stieg.

Die Strasse war oktoberstill und fast menschenleer. Die Luft war überraschend warm. Das gelbe Licht hallte zwischen hohen Häuserwänden wider. Drinnen auf dem Hof hörte man viel deutlicher die Geräusche der Schiffe, das Tuten und das Stampfen schwerer Dieselmotoren unten vom Riddarfjärden.

Für den Türöffner brauchte man einen Code, und den kannte er nicht, also mußte er beim Hausmeister läuten. Das war ihm ein bißchen peinlich. Der Hausmeister, der sich als sehr junger Mann in Jeans und T-Shirt erwies, könnte ihm ja durchaus kritisch gegenübertreten. Es waren nun schon etliche Tage vergangen, seit man die alte Dame tot aufgefunden hatte. Und sie weggebracht hatte. Einsam und verlassen von ihrem einzigen Sohn, der sich offenbar in den fernen USA, oder wo immer er steckte, nur um seine eigenen Angelegenheiten kümmerte. Doch der Hausmeister schien an der moralischen Seite der Sache überhaupt nicht interessiert, er wollte nur ganz sichergehen, daß er keinem Dieb Einlaß gewährte. Davon gab es neuerdings offenbar eine Menge in Stockholm. Dick kam auf die simple Idee, ihm den Brief von Ribbing aus der Kanzlei Landahl & Bauer zu zeigen. Das genügte.

Es gab noch andere Probleme; in der Wohnung war kein Licht. Dick stand im dunklen Flur und atmete den schweren Duft von Vorhängen mit altmodischen Mottenkugeln in den Falten (wie gut erinnerte er sich doch an diesen Duft) und drückte immer wieder auf den Lichtschalter, ohne daß etwas passierte. Dick hatte nie in dieser Wohnung gelebt. Natürlich hatte er keine Ahnung, wo der Hauptschalter war. Wieder mußte der Hausmeister ihm zu Hilfe kommen. Er wirkte noch immer so, als würde ihn das Ganze nicht besonders interessieren. Doch es wurde Licht, ein sonderbar verteiltes Licht, denn es kam aus verschiedenen Tischlampen und Wandleuchten. Verteilt nach Art der fünfziger Jahre, als man einen eigenartigen Widerwillen gegen zentrale Lichtquellen zu haben schien.

Erst als die Lampen angingen, fiel ihm auf, wie sonderbar es war, daß die Wohnung an einem strahlenden Oktobertag um vier Uhr nachmittags Licht brauchte. Jemand hatte die Vorhänge zugezogen. Wozu das nötig war, begriff er nicht. Konnte es die Altenpflegerin gewesen sein? Oder die Leute, die die Tote weggebracht hatten? Vielleicht war das Brauch, wenn man einen alten Menschen tot aufgefunden hatte, allein in seiner Wohnung? Oder, unangenehmer Gedanke, war eine unbefugte Person hiergewesen, womöglich jemand, der sich die Gelegenheit zunutze gemacht hatte?

Dick, der sich in den letzten vierzig Jahren nicht für die Habseligkeiten seiner Mutter interessiert hatte (schließlich hatte er selbst genug Sachen in zwei Häusern und einer Wohnung), überkam ein wildes Verlangen, Inventur zu machen, Küchenschubladen zu durchwühlen, auf der Jagd nach Messern, Gabeln, Zuckerzangen, Gott weiß was, um festzustellen, ob es sie noch gab.

Dick zog die Vorhänge zur Seite. Sie waren wirklich überraschend schwer. Konnte seine Mutter in den letzten Jahren so menschenscheu geworden sein, daß sie hinter zugezogenen Gardinen lebte? Es schien unglaublich, doch bei dieser Frau war alles möglich. Es war durchaus denkbar, daß sie da gesessen hatte, Tag für Tag, Abend für Abend, hinter zugezogenen Gardinen. Draußen vor dem Fenster der Riddarfjärden mit seinem lebhaften Schiffsverkehr, im Nordwesten die Kirchtürme und die großen Zeitungsgebäude, im Nordosten das eigentliche Herz der Stadt, Norr Mälarstrand mit dem starken Verkehr und den vielen Straßenmündungen, die sich wie Canyons in unbekannte Stadtteile öffneten. Dieses ganze belebte Gemälde, so schön, so fesselnd, daß Dick das Fenster öffnen mußte, um mit allen Sinnen diese Fülle von *Welt* da draußen zu genießen, konnte bei ihm nicht das Gefühl vertreiben, daß diese alte Frau, die jetzt tot war, ihm so entsetzlich unähnlich war, daß sie entweder als völliger Fremdling gelten mußte, genauso fremd wie ein Stein oder eine Blume, vielleicht eine Schnecke auf einem Gartenweg. Oder war sie ihm – und das wäre das Eigentümlichste – vielleicht überhaupt nicht fremd? Vielleicht hatte sie etwas von Dick gewußt, was er nicht wußte.

Obwohl er nie da gewohnt hatte, schlug ihm seine Kindheit in einer Woge entgegen.

Der kleine gelbe Schaukelstuhl mit dem abgeschabten Schaffell auf dem Sitz war dicht ans Fenster gerückt, dahinter stand eine Leselampe. Vielleicht war das mit den Vorhängen doch ein Mißverständnis?

Er sah sich um. Hier gab es keinen einzigen Gegenstand, jedenfalls konnte er keinen entdecken, der nach 1965 ins Haus gekommen war. Es schien, als seien die Verbindungen zur Außenwelt ungefähr zu der Zeit erstarrt und abgebrochen, als sein Vater gestorben war.

Vitrinenschränke mit Tellern und Vasen; einige kannte er, Funde von ländlichen Auktionen in Sala und Norberg, eine Blumenvase von Arabia, Glasvasen und mittendrin ein alter Krug von Höganäs, den er von längst vergangenen Geburtstagen kannte. Blumen hatten darin gestanden, damals. Die Geburtstage waren stets von einer gewissen Nervosität geprägt gewesen. Es galt, sich der Situation würdig zu erweisen; man bekam Geschenke. Sie waren oft ein bißchen sonderbar. Es kam öfter vor, wenn zu Hause Geldmangel herrschte, daß man die Dinge, die man geschenkt bekam, sofort wiedererkannte. Sie waren nicht neu, sondern alt (ein Federmesser, ein Federkasten, ein sehr alter und kratziger Füller). Dinge, die Papa einfach aus den Schränken hervorgekramt hatte, aus den Schubfächern, aus einem der weggestellten Kartons auf dem Dachboden. Es wäre Dick nie eingefallen zu verraten, daß er begriffen hatte, wie es sich damit verhielt.

Die Küche. Gegen Ende mußte sie sich vor allem in der Küche aufgehalten haben.

Auf der Arbeitsplatte, neben dem Herd, lag ein Notizkalender. Was für große, eckige Buchstaben! Wurde das Schreiben wirklich so schwer, wenn man alt war? Ein paar Telefonnummern, aber nicht die seine. Ein Herr S. Persson, von dem er keine Ahnung hatte, wer das sein könnte. Die Hausverwaltung. Die

Altenhilfe von Högalid. Keine Taxirufnummer. Vermutlich hatte sie den Fahrdienst nicht oft in Anspruch genommen. Es war fraglich, ob sie im letzten Jahr das Haus überhaupt verlassen hatte. Er blätterte weiter. Was er fand, wirkte ebenso rührend wie sonderbar. Ab ungefähr dem 5. Januar dieses Jahres hatte sie säuberlich jeden Wochentag eingetragen und das Datum hinzugefügt. Dick überlegte, warum, und im selben Moment wurde ihm klar, daß der Wandkalender natürlich abgelaufen war. Und aus irgendeinem Grund hatte sie keinen neuen besorgen können. Sie hatte, nicht unähnlich einem Gefangenen in seiner Zelle, ihren eigenen Kalender herzustellen versucht. Wurde die Zeit so ungewiß und vage, wenn man sehr alt war?

Dick erkannte, daß es seine Aufgabe gewesen wäre, ihr einen neuen Kalender zu besorgen. Seine Aufgabe, sie zu besuchen, dafür zu sorgen, daß ihre letzten Jahre nicht so pathetisch einsam verliefen. Nach allen Regeln des Normalen hätte er in diesem Augenblick Schuldgefühle haben müssen.

Aber er hatte keine. Da war nur eine Mauer. Und jetzt bestand keine Gefahr, daß diese Mauer sich je wieder öffnen würde. Er hätte zu gern gewußt, was sich wohl dahinter verbarg.

Vorsichtig zog Dick eine Schublade heraus und entdeckte gerührt einen kleinen Gegenstand, den er mit Sicherheit seit seiner Kindheit nicht gesehen hatte. Doch nun lag dieser Gegenstand da, mit der ganzen stillen Autorität dieser Dinge, die wir früh im Leben in den Händen hielten und zu begreifen versuchten. Es war eine Knoblauchpresse und sah aus wie eine ziemlich komplizierte Zange mit zwei Schenkeln, wie alle Zangen sie haben, aber mit einem kleinen Behälter, in dem die Knoblauchzehe mittels eines Preßwerkzeugs durch eine Perforation gedrückt wurde. Sie mußte nach dem Krieg in den Haushalt gekommen sein, in den fünfziger Jahren. Dick konnte sich nicht entsinnen, vor den fünfziger Jahren Knoblauch gegessen zu haben. Das war die Zeit, da tauchte das alles auf. Weinflaschen, mit Bast umsponnen, Strohhüte, Souvenirs aus den Mittelmeerländern und aus Mallorca, eine ganze Welt neuentdeckter Dinge, Symbole für eine neue Art von Leben. Menschen in der Slowakei, Tschechien, Ungarn, Polen mußten heute etwas Ähnliches empfinden. Eine Mischung aus Neugier, Skepsis, Enthusiasmus und Neid. Fenster, die geöffnet werden. Dick wurde in diesem Moment von einer solchen Flut von Erinnerungen überwältigt, daß er sich auf einen Stuhl setzen mußte.

(Wie wäre es übrigens, wenn man versuchte, eine Werbekampagne zu entwickeln, die genau dieses Gefühl von etwas Neuem benutzte, von Fenstern, die sich öffneten? Das war vermutlich eine ebenso gute Idee wie der *Kompost*, nur mußte man darauf achten, beide nicht durcheinanderzubringen. Er beschloß, sich eine Notiz über diese Idee zu machen, die viel zu wertvoll war, um verlorenzugehen. Doch gerade in diesem Augenblick hatte er den Notizblock nicht in der Tasche. Er mußte in seinem Gepäck im Hotel Esplanade am Strandvägen stecken. Vielleicht ein bißchen leichtsinnig, das Taxi mit dem Gepäck da hinzuschicken, aber es war immerhin die Firma Stockholms Taxi, die ihn diesmal befördert hatte, und keiner von diesen zwielichtigen Ausländern, die heutzutage draußen in Arlanda herumwimmelten. Aber das Gepäck mußte warten. Hier gab es ein anderes, viel schwereres Gepäck.) In diesem Augenblick war die Vergangenheit so stark, daß er keinen Platz mehr hatte für seine eigenen Dinge.

Ein kleines Objekt, geformt wie ein sehr langgestreckter Hund (ein Dackel) und dazu bestimmt, das Buttermesser darauf abzulegen, damit es das Tischtuch nicht beschmierte, nahm ihn im nächsten Augenblick gefangen. Es gehörte nicht dahin. Es sollte eigentlich im Sommerhaus sein.

JA, HERRGOTT, DAS SOMMERHAUS! Vor ungefähr zehn Jahren hatte er es wiedergesehen. Eher durch Zufall. Er war auf dem Weg nach Fagersta in die Seitenstraße eingebogen. Der dritte oder vierte Besitzer nach seinem Vater hatte viel Mühe darauf verwandt. Es war vornehm geworden, tatsächlich viel vornehmer als jemals in seiner Kindheit. Dunkle, elegante Dachziegel und statt des alten roten Lattenzauns (er erinnerte sich sehr gut, wie sie ihn im Sommer 1952 gemeinsam gezimmert hatten. Dick war die Aufgabe zugefallen, die Latten so zurechtzusägen, daß sie oben spitz zuliefen, und er konnte noch immer, mit seinen neunundfünfzig Jahren, in den Händen spüren, wie er sich angestrengt hatte, damit eine wie die andere wurde) ein eleganter neuer Zaun und eine offene Garage statt des lebensgefährlich schmalen Parkplatzes, auf den sein Vater immer den Anglia gestellt hatte. Und unterm Dach war ein Surfbrett geschickt aufgehängt. Es wäre nett gewesen, hineinzugehen und sich mit den neuen Besitzern bekannt zu machen, aber Dick, der es selbst haßte, von Fremden gestört zu werden, hatte diesen Impuls in letzter Sekunde unterdrücken können.

Überhaupt hätte wohl nur ein Verrückter auf eine solche Idee kommen können: ein Sommerhaus direkt an einem so entsetzlich steilen Abhang zu bauen. Es war ein Hügelrücken, ein richtiger Geschieberücken, der entlang der Ostseite des Nadden-Sees verlief, ein Hügelrücken, bewachsen mit hohen

Fichten und bevölkert von unzähligen Ameisenhaufen, und er fiel steil in den See ab. Sehr steil. Das Haus war an der Vorderseite auf hohe Zementplinthen gebaut. Ein Holzschuppen gehörte dazu, der parallel zu dem ursprünglichen Abhang lag und sich abrupt verengte, wenn man zur Tür hereinkam.

Dick erinnerte sich, wie er auf dem Preiselbeerkraut fast bis in den See gerutscht war, als er mit einem Wassereimer in der Hand versucht hatte, den Hang zu erklimmen.

Nur ein Narr konnte einen solchen Platz wählen, um ein Sommerhaus zu bauen, hatte seine Mutter gesagt.

Oft hörte er das. Nur ein Narr konnte dies oder jenes tun, was Kurt tat. Ich glaube, man sollte so etwas nicht allzuoft in Gegenwart von Kindern sagen. Sie merken sich das irgendwie. Kinder mögen es nicht, einen Narren zum Vater zu haben.

Noch in den neunziger Jahren träumte er, daß er versuchte, diesen Abhang zu erklimmen. Und daß er viel zu steil und rutschig war. Die Füße glitten an Fichtennadeln und Preiselbeerkraut ab. Wie er sich auch anstrengte, er rutschte immer wieder ab. Oft hatte er dabei, in der Wirklichkeit der Kindheit wie im Traum des alternden Mannes, einen sehr schweren Wassereimer in der Hand. Dieser schwappte natürlich immerzu über, während er sich Schritt für Schritt hinaufhangelte und wieder abrutschte. Wenn er je oben ankäme, wäre der Eimer leer.

Die Erinnerungen verdichteten sich, wurden immer intensiver. Man könnte fast sagen, er wurde von Erinnerungen überschwemmt. Er erinnerte sich an die dicke grüne Leinölfarbe an den Eckpfeilern der Veranda, den Teergeruch von der Außentreppe, den etwas muffigen Geruch im Keller und eine bestimmte Art von Käfern, die dort hausten. Und an die kleinen Flugzeuge, die er aus Stükken von alten Schilfkolben baute, die der See unten am Strand angespült hatte. Und an eine Eisenbahnlinie durchs Preiselbeerkraut, auf der er kleine Züge verkehren ließ, die Wagen aus Stücken von zersägten Fenstersimsen, die Kupplungen Fensterhaken, die er im rechten Winkel bog und vorsichtig an den Enden der Wagen festnagelte. Die kleine Eisenbahn fuhr in Serpentinen bis hinauf zum Zaun.

Wo befanden sich all diese detaillierten Bilder, wenn man nicht an sie dachte? Er hatte bestimmt seit zwanzig Jahren nicht mehr an diese Dinge gedacht, in seinem Körper konnte es kein Molekül geben, das so alt war wie diese Erinnerungen aus den vierziger Jahren, sie waren keine magnetischen Ladungsmuster wie die Speicher in seinem Notebook, niemand wußte eigentlich, was sie waren. Und trotzdem gab es sie. Es war schwer vorstellbar, daß es nichts anderes sein sollte als Bilder. Denn es war ein Gefühl, als befände er sich wirklich für einen Augenblick dort, in dieser anderen Zeit, in diesen anderen Räumen. Diese andere Zeit wollte ihn einfangen. Mit seinem Jetzt wollte sie nichts zu tun haben. Doch nirgends in diesen Bildern war die Tote. Es gab keinen Ort, um mit ihr ins Gespräch zu kommen.

Wie eigentümlich unwirklich war diese Wohnung schon geworden! Es war nicht mehr eine Wohnung, in der jemand lebte, sondern ein Bild von einer Wohnung, in der jemand gelebt hatte. Genau wie das Goethehaus in Weimar oder August Strindbergs Arbeitszimmer in der Drottninggatan. Eine Wohnung konnte zu einem Bild ihrer selbst werden. Wenn sie nicht mehr bewohnt war.

Sie war dieselbe wie zuvor. Aber sie war zu einem Bild erstarrt.

In einem Tisch, so einem altmodischen Sofatisch mit ausziehbarem Geheimfach, befand sich die Münzsammlung. Der Stolz des Vaters. Dick hatte sich immer gefragt, wo sie wohl geblieben war.

Er hatte vergessen, daß es eine so enorme Menge Münzen waren. Kupfermünzen mit gekreuzten Pfeilen, Silbermünzen mit König Oscar I. auf der Vorderseite. Im Profil. Eine byzantinische fünf *nummi* (so hieß sie, die Münzart) aus der Zeit Kaiser Konstantins. Vielleicht von der Dienerin einer vornehmen Dame im Mund zum Markt getragen. Überall gab es sie, die Kaiser und die Dienerinnen. Er erinnerte sich, daß Kurt diese Münzen benutzt hatte, um ihm Geschichte beizubringen. Gustav Vasa und die Dalekarlier, Byzanz und Rom und Kaiser Nero, der so grausam mit den christlichen Märtyrern umgesprungen war. Es gab sogar eine kleine Münze aus der Zeit Kaiser Neros. Sie war so klein wie ein Zehn-Öre-Stück und ganz mit Grünspan überzogen. Doch das Bild des bösen Kaisers war darauf, mit krausem Haar. Es gab keine Münze, die nicht eine Geschichte hatte.

Manche dieser Silberkronen mußten einmal soviel wert gewesen sein wie heute zweihundert Kronen. Er fragte sich, was man heute dafür bekommen würde. Vielleicht sollte er versuchen, einen Münzhändler zu finden. Die Idee, diese alten Münzen in einem Sack mitzuschleppen, erschien ihm nicht besonders praktisch.

Bilder sind das Stärkste überhaupt. Nichts kann mit einem Bild konkurrieren. Soviel war klar. Was mache ich jetzt, fragte sich Dick in dem Moment, in dem er von diesem eigentümlichen Ausflug erwachte. Ins Jetzt zurückzukommen, das war, als sähe man das Wasser bei einer Springflut an einen Gezeitenstrand zurückkehren. Es stieg, unerbittlich und schnell, und verbarg all die alten Steine. Die Tote mußte begraben werden, soviel war klar. Da es nun nicht möglich war, mit ihr darüber zu reden, mußte er wohl selbst entscheiden, wie. Nirgends in diesen Erinnerungen fand er ihre Stimme. Die Wohnung würde er vernünftigerweise verkaufen, und zwar so schnell wie möglich. Dick wollte ungern in Auseinandersetzungen mit dem schwedischen Finanzamt verstrickt werden, was leicht geschehen konnte, wenn man eine Wohnung in Stockholm besaß. Das fehlte gerade noch. Es war nicht ganz leicht gewesen, diesen Tentakeln zu entkommen, als er in den siebziger Jahren wegzog, zuerst nach Brüssel und dann in die USA, und er hatte nicht die geringste Lust, je in seinem Leben wieder hineinzugeraten. Imperien und Mauern konnten fallen, freie Republiken auf altem blutbeflecktem totalitärem Boden errichtet werden, aber die Vorstellung, Schweden könnte sich modernisieren und zu seinen Lebzeiten ein gewöhnlicher, einfacher, unkomplizierter Industriestaat werden, in dem man es sich leisten konnte zu wohnen, auch wenn man wie er von freien Einkünften lebte, kam ihm höchst unwahrscheinlich und fremd vor. Überhaupt fiel es ihm schwer, zu begreifen, was die Schweden heutzutage machten. Wenn sie überhaupt etwas Vernünftiges machten, mußte es wohl irgendwo im verborgenen geschehen.

Der Hausrat, diese tickenden Pendülen und Uhren, die es anscheinend in jedem Winkel der Wohnung gab, diese Teller, diese seltsam überladene Küche mit ihren Wandbehängen und altertümlichen Durchschlägen und Hackbrettern (die Tote hatte offenbar eine Manie für Hackbretter gehabt). Ja, wohin überhaupt mit dem Hausrat? Ihn an einen Antiquitätenhändler verkaufen und den Rest dem Stockholmer Auktionsamt übergeben? Aber irgendeine Kleinigkeit sollte er doch wohl zur Erinnerung behalten? Die vergoldete Tischuhr vielleicht? Aber die war nicht leicht zu transportieren. Vielleicht ein paar von den wirklich *kleinen* Gegenständen? Die winzigen Küchenutensilien, mit denen er als Kind gespielt hatte und die den Beginn seiner Einsicht in das Wesen der Dinge und Bilder verkörperten. Die Küchensiebe etwa?

Die Küchensiebe, die er dazu benutzt hatte, der Umwelt eins ihrer wichtigsten Geheimnisse abzuluchsen; die Welt war auch da, wenn man sie nicht ansah. Oder: man konnte die Welt ansehen, ohne daß sie wußte, daß sie betrachtet wurde.

Die Erkenntnis, daß kein Mensch all diese Probleme an einem Nachmittag lösen konnte, überwältigte Dick. Er spürte den Schlafmangel wie einen Ameisenhaufen im Hinterkopf kribbeln und tat für den Anfang das einzig Vernünftige: nach dem Telefonbuch zu suchen. Es lag auf dem Nachttisch, weit unter einem Nähkästchen und einem dicken Stapel von der Zeitschrift *ICA-kuriren*. Die Alte konnte nicht viel telefoniert haben. Im Telefonbuch standen sehr viel weniger Bestattungsunternehmen, als man es in einer amerikanischen Stadt gleicher Größe erwartet hätte. Eine Kette von Beerdigungsunternehmen war offenbar in genossenschaftlichem Besitz. Antiquitätenhändler gab es dafür um so mehr. Und das Stockholmer Auktionsamt war da wie eh und je.

Er telefonierte herum und erkundigte sich. Alle hörten ihm ernst zu, aber keiner schien das Sensationelle daran zu begreifen, daß Dick Olssons Mutter gestorben war. Man begrüßte ihn. Man sprach ihm das Beileid aus. Man war bereit, verschiedene Broschüren, Formulare und Informationen zu schicken. (War der Todesfall überhaupt den Behörden gemeldet?) Und wohin sollte man das alles schicken? Dick erkannte erst in diesem Augenblick, daß er keinesfalls am Ende der Woche in sein friedliches Haus und zu der aromatisch duftenden, zierlichen Eleonora würde zurückkehren können. Er mußte nach dem Treffen mit der Delegation aus Transdnistrien hierher zurückkommen. Er versprach dem Bestattungsinstitut Hellström einen erneuten Anruf mit näheren Angaben zu Zeit und Ort und Ritus der Beerdigung. (Sie mußte doch wohl in der Högalids-Kirche stattfinden?) Es gab kein Entrinnen. Um diese Sache konnte sich kein anderer kümmern.

Der Telefonblock vor ihm war jetzt vollgekritzelt mit Nummern und Namen in Kästchen, die durch energische Linien miteinander verbunden waren. Er merkte, daß er bereits dabei war, einen Projektplan für das Ganze auszuarbeiten, so wie er es gewöhnt war.

Das meiste blieb noch zu tun. Er mußte herausfinden, wo sich die Tote befand. Konnte man damit rechnen, daß die Altenhilfe Informationen darüber besaß? Und er mußte einen Tag für die Beerdigung bestimmen, am besten so schnell wie möglich. Und er mußte auf irgendeine Art herausbekommen, welche ihrer Verwandten noch am Leben waren. (Wie um alles in der Welt machte man das?) Er kehrte zurück in das Zimmer mit den Stapeln von Fotoalben und Briefen. Und fing an, völlig unsystematisch in den alten Bildern und Briefen zu wühlen. Onkel Åke! Dick hatte keine Ahnung, ob er noch am Leben war oder nicht, aber wenn er es war, müßte man ihn unbedingt zur Beerdigung einladen! Dick blätterte im Notizblock der Toten neben dem Telefon.

Alles war mit großer und zögernder Handschrift geschrieben, wie die eines Kindes. Er fand Onkel Åkes Namen nicht unter den Namen und Telefonnummern, die, manchmal fast unleserlich, einige Seiten des Blocks füllten. Er entdeckte, daß sich unter den Nummern immerhin seine eigene befand. Allerdings falsch geschrieben. Seine Austiner Nummer endete mit 37, und hier stand 31. Wie sollte er die Verwandten erreichen, wenn er nicht wußte, wo sie wohnten? Und Freunde – gab es Freunde? Natürlich, er mußte eine Anzeige aufgeben, eine Todesanzeige. Eine Anzeige zu schalten war schließlich eine Methode, mit anderen Menschen Kontakt aufzunehmen, die er doch beherrschen müßte. Wer gab die Anzeige auf? Was sollte darin stehen? Es würde eine Todesanzeige mit entsetzlich wenig Unterschriften werden. Er war das einzige Kind seiner Eltern. Sollte er wirklich der einzige sein, der unterzeichnete? Sollten nicht auch der Bengel und vielleicht ihre Brüder mit darauf stehen? Er hatte keine Ahnung, was eigentlich üblich war. Und war er der einzige, der an der Beerdigung teilnahm?

Dick fühlte sich plötzlich sehr müde. Er merkte, daß er dabei war, in einen Zustand völliger Ineffektivität zu geraten. Es war, als hätten diese intensiven Erinnerungen ihn bis ins Mark erschöpft. Er beschloß, sich zum Hotel zu begeben, auszuschlafen, seine Geschäfte in Berlin zu erledigen und so schnell wie möglich nach Stockholm zurückzukehren, um all diese Dinge zu regeln. Es verstand sich doch von selbst, daß er an der Beerdigung seiner Mutter teilnehmen und dafür sorgen mußte, daß alles so vernünftig und würdig wie möglich ablief. Aber im Moment hatte er einfach nicht die Kraft dazu. Am nächsten Sonntag sollte die Beerdigung sein. Und bis dahin mußte er eine vertrauenswürdige Person finden, die ihm mit der Wohnung half. Alles würde sich lösen, wenn er nur ein paar Stunden Schlaf bekäme. Er bestellte ein Taxi, sperrte sorgfältig die verschiedenen Türschlösser zu und fuhr zum Hotel. Zu seiner Überraschung zeigte die Uhr in der Rezeption schon sieben Uhr abends, und Dick wurde plötzlich klar, daß er seit sehr langer Zeit nichts gegessen hatte. Eigentümlicherweise war er auch nicht hungrig. Der Ameisenhaufen in seinem Hinterkopf war anscheinend noch weiter gewachsen.

Das Gepäck war eingetroffen. Damit gab es kein Problem. Es war bereits aufs Zimmer gestellt worden.

Der Portier hatte einen Dalmatiner auf der Matte vor der Tür liegen. Es war ein schläfriger, freundlicher Hund, der Dick mit großen, erstaunten Augen betrachtete, als er ihn unter dem Kinn kraulte. Plötzlich entstand eine wortlose Sympathie zwischen diesen beiden, die nur eines gemeinsam hatten, daß sie müde waren.

Mit der eigentümlich planlosen Perfektion eines Menschen, der das Opfer allzu lebhafter Gedanken ist, wachte Dick Olsson in seinem Zimmer auf. Nicht einmal, sondern viele Male. Zuerst um vier, dann um fünf und schließlich um sechs. Das kam womöglich daher, daß ihn einmal pro Stunde der zwar recht diskrete Stundenschlag der Hedvig-Eleonora-Kirche weckte. Aber zum Wecken reichte es.

Wenn Dick aufwachte, war es in der Regel unwiderruflich. Jeder Versuch, wieder einzuschlafen, verschwand brutal in einem Mahlstrom von Erinnerungen und Ideen, der wie eine mächtige Ebbe Treibholz und Trümmer am schutzlosen Strand der Nacht zurückließ. Was den Morgen so besonders unangenehm machte, war nicht, daß man das Leben wieder anpacken mußte, sondern daß man obendrein auf der Flucht vor unklaren und beunruhigenden Träumen war, und daß einem infolgedessen eigentlich kein Ausweg blieb.

Er hatte außerdem eine starke, aber diffuse Erinnerung daran, sehr intensiv von Eleonora geträumt zu haben, der Dienerin. Doch im Traum vermischte sich ihr Bild mit ganz anderen Bildern.

Mangels anderer Beschäftigungen machte sich Dick wiederum an den angefangenen und nicht vollendeten Brief an Eleonora. Drei Tage war er jetzt alt. Und auf schwedisch geschrieben. Am Ende war es ein Brief an ihn selbst?

Als er ihn noch einmal durchlas, kam er ihm ganz und gar geistlos vor. Vielleicht wäre es das beste, wieder von vorn anzufangen?

»Eleonora! Ich war schon immer ein einsamer Mensch. Von Dir weiß ich nichts, aber kürzlich hatte ich das Gefühl, Du wärst es auch, und unsere Einsamkeiten würden sich für einen Augenblick begegnen. Es war ein schöner Augenblick – ein Gefühl, als würde eine Art gemeinsames Wissen aus den Einsamkeiten geboren. Nur für einen Augenblick. Aber da war etwas. Es fühlte sich vollständig wirklich an.

Ich habe keinen Grund, mich über mein Leben zu beklagen. Zumal, wenn ich es mit dem Leben vergleiche, das Du zu führen gezwungen bist. Und von dem ich nichts weiß. Aber die Grenze zwischen Wirklichem und Unwirklichem war in meinem Leben immer fließend. Manchmal kam es mir vor, als sei der Boden der Wirklichkeit zerbröckelt, ungefähr wie Eis, das porös geworden ist von anhaltendem Regen. Und manchmal hatte ich das Gefühl, als könnte ich selbst eine Wirklichkeit schaffen. Ich weiß nicht genau, was ich damit meine. Aber so ist es.«

Sein Flug war erst für elf Uhr nach Berlin Tempelhof gebucht, und er überlegte ernstlich, ob er versuchen sollte, eine frühere Maschine zu bekommen. Andererseits war es bequemer, den Morgen in einem freundlichen Familienhotel am Strandvägen zu verbringen, als in Tempelhof mit Ernst Sagebiels nicht häßlicher, aber auch nicht gerade angenehmer Architektur zu sitzen. Ein Musterbeispiel der Nazi-Architektur. Eine Utopie, aber zweifellos die falsche Utopie. Außerdem lief man dort ständig Gefahr, von verschiedenen Gaunern mit den seltsamsten Angeboten behelligt zu werden, sei es, daß sie einem den Koffer in eine Plastikhülle verpacken wollten, sei es, daß sie sich erboten, einem ein echtes polnisches Mädchen aufs Hotelzimmer zu liefern. Da keine dieser Vorstellungen besonders attraktiv war, entschloß sich Dick, im Esplanade zu bleiben und die transdnistrischen Umschläge durchzusehen, bis das Taxi ihn um Viertel vor zehn holen würde.

Er ging hinunter in den gemütlichen Frühstücksraum mit seinem Duft von geröstetem Brot und fand eine sehr schöne farbige Dame, vermutlich ein Fotomodell, als einzigen frühen Gast vor. Da sie ihm freundlich zunickte, als er ihr guten Morgen wünschte, statt mürrisch in eine andere Richtung zu blicken, nahm Dick an, daß sie eine echte Afrikanerin war und nicht aus den USA. Das traf zu, denn nach einem Gang zur Rezeption kehrte sie mit *Svenska Dagbladet* zurück. Und vertiefte sich in die Theaterseite.

Sie gefiel Dick. Er beschloß, Tee zu nehmen statt Kaffee, und bewunderte den merkwürdigen Toaster, der aus den dreißiger Jahren stammen mußte. Er funktionierte nach einer Art Fließbandprinzip. Man konnte regulieren, wie schnell oder langsam das Band laufen sollte, und diese Geschwindigkeit bestimmte, wie stark das Brot geröstet wurde.

Mit einem Buttermesser (noch ungebraucht) öffnete er schließlich den großen Umschlag. Die Schicksale Transdnistriens.

Es war ein bißchen so, als öffne man die Büchse der Pandora über einem friedlichen schwedischen Frühstückstisch mit gekochten Eiern, geröstetem Brot, Marmelade und ein paar kleinen Scheiben Klosterkäse.

Was sich jetzt auf seinem Tisch ausbreitete, gehörte sozusagen nicht ganz zu dieser Welt, sondern zu einer anderen.

Es waren mehrere Broschüren, in billigem Offsetdruck, auf schon vergilbtem, sulfathaltigem Papier, das unter den Fingern knisterte. Grob gerasterte Bilder. Von den Broschüren waren zwei in einer unbegreiflichen Sprache verfaßt und die dritte in einem offenbar sehr mangelhaften Englisch. Außerdem fielen eine Anzahl von Schwarzweißaufnahmen heraus, im Quartformat, sehr gute Abzüge auf professionellem Glanzpapier. Drei davon zeigten einen verkohlten Baum vor einer Hausruine. An den Ästen des Baums baumelten drei tote Körper, Erhängte. Das nächste Bild war interessanter. Es zeigte zwei verkohlte Leichen. Bei der einen waren Ober- und Unterlippen weggebrannt, so daß die Zähne deutlich hervortraten. Doch zwischen diese Zähne hatte jemand eine Zigarette gesteckt, eine ganze und ungerauchte Zigarette.

Dick blieb lange an diesem makabren Bild hängen. Es war allerdings eindrucksvoll. Und der Scherz so zutiefst geschmacklos, daß Dick spürte, wie ihm ein Schauder das Rückgrat hinablief. Er durchsuchte das gedruckte Material nach etwas, das dieses Bild erklären konnte. Jedoch vergeblich. Da gab es Namen von Dörfern und Daten von Kämpfen und Überfällen in dem englischen Text, die offenbar eine schreckliche Geschichte erzählten. Aber etwas, das genau dieses Bild erklärte, war nicht dabei. Es war ein (gelinde gesagt) geschmackloser Scherz, aber irgend etwas daran stimmte nicht. Denn dieser Humor gehörte eigentlich nicht nach Rußland. Wenn, dann eher in die USA. Es war eine Art *comic strip*. Diese widerwärtige Idee mochte im Gehirn eines fotografierenden GIs in Vietnam aufgetaucht sein. Oder vielleicht im Golfkrieg. Oder bildete sich Dick das nur ein? Konnte es ein Bild aus Vietnam sein? Das jetzt wiederverwertet worden war?

Er las weiter in dem englischen Text. Transdnistrien war 1992 entstanden, als Abspaltung aus der russischen Föderation. Das Nachbarland im Osten war Gorno-Altaj, im Nordwesten lag Nowosibirsk. Die Fläche betrug etwa 169000 Quadratkilometer, die Hauptstadt war Barnaul. Das alles war gar nicht so leicht herauszubekommen, weil der Verfasser des englischen Textes diese Dinge anscheinend als bekannt voraussetzte und sich direkt in die Handlung stürzte. Es gab Anspielungen auf Grausamkeiten und Zwangsumsiedlungen Ende der vierziger Jahre unter Stalin, zu deren genauerem Verständnis man Monate in Bibliotheken hätte verbringen müssen. Offenbar war es so, daß sich die Russen entschieden weigerten, die neue Republik anzuerkennen, und mehrmals hintereinander Freischärler hingeschickt hatten, die zusammen mit ethnischen Verstärkungen aus dem Nachbarland Dörfer niederbrannten und verwüsteten. Die russische Begründung, die Transdnistrier würden ihrerseits russische Enklaven niederbrennen und plündern, wurde als böswillige Verleumdung zurückgewiesen. Man berief sich auf eine internationale Juristenkommission, die Transdnistrien von diesem Vorwurf freisprach. Der Bericht war beigelegt, auf französisch.

Das nächste Foto zeigte die Auswirkung eines Granatenangriffs auf eine Schule. Und das darauf folgende ein Krankenhaus mit einem Loch im Dach, durch das eiskalt das Tageslicht hereinfiel. Dick schauderte und steckte alles langsam wieder zurück in den Umschlag. Was erwarteten diese Menschen von ihm? Offenbar gab es in Washington niemanden, der sie anhören wollte. Kein Politiker im Kongreß hatte Zeit, sich ihrer Sache anzunehmen. Durfte man den Papieren Glauben schenken, wurden die Transdnistrier nach und nach in aller Stille (nein, nicht einmal in aller Stille) ausgelöscht, ohne daß man im Fernsehen je von ihnen gehört hätte. Ohne daß die Vereinten Nationen die kleinste Verhandlungsdelegation hingeschickt hätten. Sie hatten doch wohl wenigstens einen Botschafter in der UNO? Oder etwa nicht?

Und dabei wußten sie das Allerschlimmste nicht einmal. Daß sie ebenso wie ihre Gegner eigentlich in einen kostspieligen, aber vollständig sinnlosen Kampf verstrickt waren. Um die Sache der Souveränität, um die Herrschaft über ein Territorium. So sah das neue Gesicht der Macht überhaupt nicht aus. Sie war gerade dabei, sich von den Territorien wegzubewegen und würde vielleicht nie wieder dahin zurückkehren. Der Informationsstrom, die weltumspannenden Transaktionen, alles, was wirklich von Bedeutung war, bewegte sich jetzt in mächtigen Wellen im Cyberspace. Was die Welt in diesen Jahren mit ansah, war das Absterben der Politik, genau wie sie einst das Absterben der Religion mit angesehen hatte. Jedenfalls der Politik in dem Sinn, wie wir sie kannten. Was würde die Politik ersetzen? Die Ökonomie? Das war eine allzu oberflächliche Antwort. Für das, was sie ersetzen würde, gab es noch kein passendes Wort. All die Separatismen und Fundamentalismen, die Kämpfe im Inneren der absterbenden Imperien und deren fortschreitender Zerfall waren nichts anderes als der physische Widerstand, auf den diese unwiderstehliche neue Macht auf ihrem Weg traf. Und dieser Widerstand würde sich als wirkungslos erweisen. Menschen kämpften und bluteten, »litten und starben«, wie es in dem alten Osterlied hieß, für eine von vornherein verlorene Sache. Dick schüttelte den Kopf. Er empfand sein Dasein oft als sinnlos. Dabei war die Tatsache als solche nicht einmal so schlimm wie die Einsicht, daß es so war.

Eine Art Gesandten hatten sie immerhin, und den

hoffte er am Nachmittag zu treffen. Sicherheitshalber lief Dick hinauf in sein Zimmer und startete das Notebook: Antwort *nein*. Nichts Neues von den Transdnistriern. Hingegen eine weitere Mahnung von der Glashütte und eine Einladung zum Donnerstagstreffen von *Town and Gown*. Die Konversationsstunde beginnt um fünf, das Essen um sechs Uhr. Professor Stanley Olsen spricht über die Ausbaupläne der Universität. Dick wollte schon mit einem Seufzer der Erleichterung das Gerät ausschalten, denn die Vorstellung eines wenn auch kurzen Spaziergangs von der Tankstelle ostwärts, vorbei an den pittoresken Küstenseglern am Strandvägen, war für ihn unwiderstehlich, als er plötzlich sah, daß da noch viel mehr E-mails abzurufen waren. Sie waren sozusagen in zwei Schüben gekommen, vielleicht aufgrund einer Störung der Telefonverbindung, oder weil die Speicherkapazität der Eudora überlastet war. Er benutzte gewöhnlich Europe Online, wenn er in Europa war, um die Telefonrechnungen auf einem einigermaßen erträglichen Niveau zu halten. Der Zyklon Marilyn hatte sein Haus auf Tortola schwer beschädigt, und Mr. Linklater bat um Anweisungen. Die Dachbalken waren eingedrückt. An der Einrichtung gab es leider große Wasserschäden. Ob Mr. Olsson versichert sei?

Das war mehr, als er im Moment verkraftete. Es war doch nur ein kleiner Bungalow. Er war im Frühjahr nicht dagewesen. Es mußte zwei Jahre her sein, seit er zum letztenmal seinen Fuß hineingesetzt hatte. Zusammen mit dem Mädchen aus Houston. Selbstverständlich hatte er eine Versicherung.

Das zweite kam von der Agentur in New York. Und es war eine Warnung. MacFarlane & Heidrich waren etwas besorgt. Sie hatten nach der transdnistrischen Delegation in Washington geforscht und sie nicht finden können. Sie war nicht als Lobby registriert, und beim State Department war keine solche Delegation akkreditiert. Auch keine Botschaft und kein Informationsbüro. Möglicherweise war das indessen ein Mißverständnis. Die Agentur meinte, er könnte weitermachen, aber mit einer gewissen Vorsicht und ganz auf eigene Verantwortung. Es sei ziemlich unklar, was für ein Kunde das eigentlich sei. Und ob es sich wirklich lohnte, das Ganze weiterzuverfolgen.

Es war ganz deutlich, daß MacFarlane & Heidrich gern jede Verantwortung für diese Angelegenheit abschütteln wollten. Wußten sie etwas, was Dick nicht wußte? Oder hätte wissen müssen?

Dick war nicht besonders beunruhigt. Schließlich wußte er, was für eine Unordnung in Washington herrschte. Und wenn er schon so weit gekommen war, konnte er genausogut weitermachen. Dick hatte es plötzlich unendlich satt: kaum hatte er einen Faden, einen Zusammenhang gefunden, ging ihm dieser sofort wieder verloren.

Da war eine plötzliche Leere, die er mehr als fast alles andere fürchtete. Er kannte sie seit den Jugendjahren. Sie konnte unversehens auftauchen. Ja, sogar mitten in einer heftigen Verliebtheit.

Er hatte die Gewohnheit, in sein Adreßbuch und in seinen Kalender Zettel zu legen. Kleine Kataloge in winziger Schrift. Listen von Sachen, die zu erledigen oder zu bedenken waren. Kleine, angstvolle Kataloge der Frauen, die man anrufen konnte, wenn die Leere zu groß wurde. Wovor hat man Angst, wenn man der Leere begegnet? Daß man nicht wieder herauskommt. Daß es einem diesmal nicht gelingen könnte, einen Ausgang zu finden, obwohl man ihn all die Male zuvor gefunden hat. Oder hat man Angst, da drinnen jemandem zu begegnen?

Um diese Leere zu füllen, war er durchaus bereit, was auch immer zu unternehmen, und sei es etwas völlig Unvernünftiges.

UND FAST OHNE daß er es selbst wußte, schrieb er weiter an dem ebenso unabgeschlossenen wie unbegreiflichen Brief an Eleonora, seine kolumbianische Dienerin in Austin.

»Ich habe manchmal etwas, das ich ›Depressionen‹ zu nennen pflege. Ich weiß nicht, ob es Depressionen sind. Vielleicht ist es etwas ganz anderes.

Es gibt Wüsten in mir, große, tote, leere Gegenden. Und aus irgendeinem Grund muß ich jedes Jahr mehrmals, besonders um die Weihnachtszeit, die Reise in diese Einöden antreten, um zu sehen, was ich darin finden kann. Sie sind auf erschreckende Weise leer, und noch erschreckender ist das Gefühl, daß es in ihnen einmal ein Leben gegeben haben muß. Daß es vielleicht noch immer da ist. Als eine Art Samen unter der Erde. Aber ich kann ihn nicht wieder zum Leben erwecken. Nicht aus eigener Kraft.

Kürzlich, als Du mir so willig in die Arme fielst, hatte ich das eigentümliche Gefühl, Du wärst eine Bewohnerin dieser Wüstenlandschaft, eine, die mir aus der Leere entgegenkam.

Aber vielleicht sind das nur sonderbare Phantasien? Ich suche meinen Schatten. Ich suche meine Seele.

Und für einen Augenblick war sie da.«

Dick Olsson wusste nicht, wie viele Male in seinem Leben er schon in Berlin-Tempelhof gelandet war. Es mußten etliche gewesen sein. Früher einmal, als die Berliner Mauer noch stand, hatte dieser Ort vor Menschen gewimmelt. Endlose Warteschlangen am Taxistand, Gedränge in den eigentümlich hohen Korridoren. Die Nazi-Architektur konnte heute, da man viel größere Flugplätze gewöhnt war, paradoxerweise einen fast idyllischen Eindruck erwecken.

Draußen herrschte volle Sommerwärme, und sehr wenige Menschen waren in Bewegung. Ein Taxi zu bekommen war keine Kunst. Dick warf seinen Kleidersack und die Aktenmappe hinein und nannte als Ziel das Hotel Park Consul, Tiergarten. Zur Zeit der Mauer hatte das hervorragend geklappt. Westberlin besaß eine gut organisierte Zunft von meist mürrischen älteren Fahrern, die den Weg ganz genau wußten und jede Adresse in Steglitz oder Friedenau oder Schöneberg kannten, die man ihnen nur nennen konnte.

Heutzutage war das anders. Dieser jüngere Mann, allem Anschein nach ein Ausländer, startete rasch in Richtung der B 96, die südwärts zu den Kleinstädten und Dörfern der Mark Brandenburg führt.

– Aber das kann doch nicht stimmen, sagte Dick. Wir müssen nach Tiergarten.

Allein schon der Begriff schien diesem sonderbaren jungen Mann völlig fremd zu sein. Und Dick fühlte sich ein wenig unbehaglich.

– Wenn Sie den Weg nicht kennen, müssen Sie bitte anhalten und auf dem Stadtplan nachsehen.

Auch diese Botschaft kam nicht an. Hatte er es mit einem *Terroristen* zu tun?

– Sie fahren in die verkehrte Richtung.

Das einzige, was Dick sah, war ein Rücken. Der Mann schien an dem, was Dick zu sagen hatte, überhaupt nicht interessiert. Kleine Läden, Tankstellen mit Autowaschanlagen und vereinzelte Neubauten deuteten darauf hin, daß der Wagen tatsächlich in die südlichen Stadtteile unterwegs war. Entweder versteht dieser Mann kein Deutsch und offenbar auch kein Englisch. Oder er ist ein falscher Taxifahrer. Vielleicht ein russischer Agent, der mich an einen geeigneten Ort bringen will, um mich zu ermorden. Oder er ist von der transdnistrischen Delegation geschickt, um mich abzuholen. Aber warum sollte er dann als Taxifahrer verkleidet auftreten? Und wie konnte er wissen, daß Dick im richtigen Moment kommen würde, um gerade sein Taxi zu nehmen?

Blödsinn, sagte Dick zu sich selbst. Er packte Aktenmappe und Kleidersack mit festem Griff und segnete das Glück, das ihn alles mit in den Wagen hatte nehmen lassen, statt es in den Kofferraum zu tun. An der nächsten roten Ampel riß Dick die Tür auf und entfernte sich rasch zwischen den Autos. Das Taxi stand ordentlich eingeklemmt in einer Blechlawine und hatte keine Chance, ihn zu verfolgen. Der unkundige Fahrer stieß die Tür so heftig auf, daß er offenbar eine andere Autotür traf, und rasch entspann sich ein heftiger Streit mit dem wütenden

Autobesitzer. Ein Streit, in den Dick sich nicht im mindesten einzumischen wünschte. Möge er lange dauern, dachte er.

Dick marschierte rasch über die Straße, die groß und breit war, dieselbe vortreffliche Ampel nutzend, die seinen neuerworbenen Feind mattgesetzt hatte. Es war bereits zwanzig vor zwei, und Dick war weiter von seinem Ziel entfernt als zuvor. Er trug einen Anzug, und plötzlich erschien ihm der Ort viel zu heiß und voller Abgase. Normalerweise müßte es an dieser Stelle von Taxis wimmeln. Da ein Taxi im Moment das war, was Dick am dringendsten benötigte, war natürlich kein einziges zu sehen. In diesem Augenblick erschien ein rettender Engel.

Die Dame, die blond war und Ende Zwanzig sein mochte, fuhr einen offenen Porsche und winkte ihn herbei, während sie die rechte Tür öffnete. Alles ging so schnell, daß Dick nicht einmal einen Augenblick zögern konnte, da saß er schon im Auto.

Das erste, was ihm auffiel, war eine Blechschachtel mit Halstabletten der Marke Fisherman's friend. Ein Zweimaster, von Möwen umschwärmt, und ein weißbärtiger Fischer in Ölzeug, eigentümlich ähnlich ihm selbst, schmückten diese altmodische Verpackung.

– Ich habe gesehen, was passiert ist, sagte das Mädchen. Es sah ziemlich komisch aus.

– Er ist in die verkehrte Richtung gefahren und hat sich geweigert, das zuzugeben.

Sie machte einen angenehmen Eindruck. Jedenfalls war sie keine Terroristin.

– Das passiert jetzt sehr häufig. Auf die Berliner

Taxifahrer ist kein Verlaß mehr. Ich fahre nicht mehr mit ihnen. Wohin wollen Sie?

– In diese Richtung. In ein Hotel in Tiergarten, es heißt...

Er begann in den Papieren seiner Aktenmappe zu blättern. Irgendwo hatte er es notiert. Und vorhin hatte er es dem Fahrer genannt. Verdammt, was hatte er in letzter Zeit für ein schlechtes Kurzzeitgedächtnis...

– Ach ja, es heißt Hotel Park Consul.

– Das kenne ich. Es ist ziemlich neu. Ich muß nach Moabit, also kann ich sie gern mitnehmen. Sie sind Amerikaner?

Sie streckte die Hand nach der Schachtel mit den Halstabletten aus und öffnete sie geschickt mit einer Hand. Bevor sie eine Tablette nahm, bot sie Dick eine an.

– Sie sind gut, nicht wahr? Ich mag sie gern.

– Ich habe sie früher auch genommen. In Amerika sind sie schwer zu bekommen.

– Sie leben in den USA?

– Ja, seit vielen Jahren. Aber ich bin Schwede. Ich heiße Dick Olsson.

– Ich heiße Irena, sagte das Mädchen. Ich wohne in Leipzig. Ich lutsche die Tabletten, damit ich beim Autofahren nicht soviel rauche. Aber wenn ich zu lange fahre, bekomme ich Magenschmerzen davon. Ich esse zu viele.

– Ja, in den USA ist es jetzt praktisch überall verboten zu rauchen.

– Das war es in Deutschland unter Hitler auch, sagte Irena ironisch.

– Ich weiß, sagte Dick. Aber Clinton ist nicht wie Hitler. Trotzdem habe ich daran gedacht, mit dem Vergleich zu arbeiten, als mich letztes Jahr eine Zigarettenfirma um Rat bat. Aber ich kam zu dem Schluß, das wäre doch zu stark. Das könnte nach hinten losgehen.

– Werbemann?

– War ich mal. Heute bin ich eine Art Berater. Ich gebe Werbeleuten Ratschläge. Was machen Sie in Leipzig, Irena?

– Ich plane Supermärkte. Eigentlich bin ich Architektin. Aber jetzt mache ich Bauplanung. Angefangen mit dem Grundstückskauf.

– Wie ist es, Supermärkte zu planen?

– Prima. Zur Zeit werden in der Mark Brandenburg und Sachsen massenhaft Supermärkte gebaut. Jede zweite Kleinstadt legt sich einen zu.

– Ich bin nicht in Ostdeutschland gewesen, seit die Mauer weg ist.

– Dann kommen Sie doch mit mir nach Leipzig! Ich fahre morgen früh. Unterwegs gibt es viel Spannendes zu sehen. Den Dom von Jüterbog, wendische Befestigungswälle, die Siemensgräber in Lindsdorf, schöne Parks und Schlösser.

– Das kommt ein bißchen überraschend. Ich wollte eigentlich so bald wie möglich zurück nach Stockholm. Um meine Mutter zu beerdigen. Ich habe den Tag der Beerdigung noch nicht festgesetzt. Aber es muß bald sein, weil ich wieder nach Amerika zurück muß. So schnell wie möglich.

– Sie haben Familie in den USA?

– Nicht mehr. Ich hatte eine Frau, aber sie ist

wieder verheiratet und lebt in Schweden. Sie heißt Ann. Ich habe sie tatsächlich seit mehreren Jahren nicht gesehen.

– Wie ist es ihr ergangen?

– Sehen Sie, das habe ich mich auch oft gefragt. Ich weiß es nicht. Sie ist mit den Jahren so eigentümlich depressiv geworden.

Sie waren schon bei der Technischen Universität. Sie hatte einen wirklich geschickten Schleichweg durch die Seitenstraßen genommen, quer durch Charlottenburg.

Als sie vor dem Hotel hielt, fragte sie:

– Werden Sie hier wohnen?

– Ich glaube schon. Ich habe hier einen Termin mit Kunden.

– Soll ich Sie morgen hier abholen? Und Ihnen die Mark zeigen? Um sechs Uhr?

– Könnte ich Sie vielleicht später anrufen?

– Ja, aber nicht zu spät.

Sie schrieb eine Nummer auf ihre Visitenkarte. Es war eine sehr hübsche Karte, die ganze Rückseite in Tiefgrün.

Was zum Teufel will sie von mir? Sie hat mir gefallen, dachte Dick und nahm den Kampf mit dem Türcode der fest verschlossenen und sehr abweisenden Hoteltür auf. Offensichtlich wußte die transdnistrische Delegation, was sie tat. Dies war nicht die Sorte Hotel, die sich der Umwelt mit eleganten Schwingtüren öffnete und wo uniformierte Herren mit großen Regenschirmen den Taxischlag aufrissen.

Sie war ein guter Typ. Sie bot eine Art Fluchtmöglichkeit. Aber wann soll ich meine Mutter beerdigen?

Schwer beladen mit seiner Verantwortung, trat Dick durch die Tür, die sich gerade automatisch öffnete.

Hier war er richtig. Kein Zweifel. Ein Zimmer war reserviert, die Empfangsdame teilte mit, die Herren seien bereits da. Es war eine recht elegante Brünette, die am Revers ihres Kostüms eine komische silberne Spinne trug. Diese Spinne hatte vermutlich keine besondere Bedeutung. Aber in Dicks leicht aufgewühlter Gemütslage schien es beinahe so.

Es war ein neues Hotel, mit der diskret geschäftlichen Atmosphäre und Abgeschiedenheit, die in Europa jetzt hier und da in Mode kamen. Keine eleganten Herren und Damen vor ihren Kaffeetassen unter den Kristallüstern des Foyers, keine Gepäckberge, überwacht von munteren *bellmen*. Dieses Hotel war keineswegs bürgerlich. Es war für Funktionäre gedacht, für hochbezahlte Bedienstete großer Unternehmen, aus Japan, den USA, Hongkong und bestimmt auch Sankt Petersburg. Eliten anderer Art. Mit einem Minimum an Gepäck und ohne den Anspruch, unterhalten zu werden, sondern eher, soweit wie irgend möglich ihre Ruhe zu haben. Bald wird man wohl nach Lissabon fahren müssen, um ein Hotel zu finden, das so aussieht wie die Hotels bei Thomas Mann. Dies hier hatte sogar eine Videokamera an der gewöhnlich sorgsam verschlossenen Eingangstür. Und eine Gegensprechanlage. Die Portiersloge war klein und sehr elegant, ausgestattet mit einem Vorrat an frischen Zeitungen: *Frankfurter Allgemeine*, *Tagesspiegel* und *Herald Tribune*. Dick nahm alle drei mit auf sein Zimmer, bestellte Tee mit Butterbroten und ging unter die Dusche. Es war ein ungemein geräumiges und bequemes Hotelzimmer. Ausgestattet mit einem Schreibtisch und natürlich mit einer Anschlußbuchse für ein Modem. Dick hatte im Moment nicht die geringste Lust, seine E-mail anzusehen. Vermutlich würde sie nur neue Probleme enthalten. Und zur Zeit hatte er Probleme genug. Als er aus der Dusche kam (es war heute das zweite Mal, daß er duschte, aber das war ihm nicht bewußt. Er hatte die Angewohnheit, stets als erstes zu duschen, wenn er ein neues Hotelzimmer bezog. Als wolle er damit es in Besitz nehmen), entdeckte er, in den eleganten Frotteebademantel des Hotels gehüllt, einen Umschlag auf dem Schreibtisch. Es war ein ganz gewöhnlicher Briefumschlag. Ziemlich billiges Papier. Und daraus ließ sich, nicht ohne eine gewisse Mühe (sie hatte sich an der Gummierung festgeklebt), eine Karte entnehmen, auf der mit energischer Handschrift geschrieben stand: CONFERENCE ROOM A at 15.00. Nichts weiter. Nicht einmal eine Unterschrift.

Dick zog sich sogar eigens einen dunklen Anzug mit passendem Schlips an. Eigentlich sollte er ja eine gewisse Routine haben. Aber irgend etwas an dieser Zusammenkunft machte ihn nervös.

Die Herren wirkten sehr militärisch, obwohl sie in Zivil waren. Sie schienen mit der Situation nicht recht vertraut. Zu fünft standen sie da vorn am Tisch, alle erstaunlich jung, der älteste höchstens in den Vierzigern, gekleidet in solche eigentümlich gleichartigen und schlechtsitzenden Anzüge, wie man sie von den Russen kannte.

Außer den fünfen standen noch zwei weitere an der Tür.

Die beiden öffneten, ohne auch nur zu fragen, seine Aktenmappe und musterten gründlich alles, was sich darin befand, einschließlich des Notebooks, das einzuschalten er sogar ziemlich barsch aufgefordert wurde, um zu zeigen, daß es wirklich ein Notebook war. Wie auf dem Flugplatz, nur barscher und unhöflicher. Dick schaffte es nicht, zu protestieren, vor allem weil er so überrascht war. Und im nächsten Augenblick waren die beiden großgewachsenen Herren, die kein verständliches Wort geäußert hatten, verschwunden. Vielleicht hielten sie jetzt vor der Tür Wache?

Es blieb also kaum etwas anderes übrig, als sich an die Herren am Tisch zu wenden.

Falls Dick etwas Exotisches erwartet hatte, gab es Grund zur Enttäuschung. Sie sahen genauso aus wie gewöhnliche Russen und stellten sich so schnell vor, daß Dick nachfragen mußte, um ihre Namen in sein Notizbuch schreiben zu können. Er hatte den Eindruck, es gefiel ihnen nicht, daß er das tat. Und er war sich keineswegs sicher, daß die Namen, die man ihm nannte, ihre richtigen Namen waren. Aber irgendwie mußte er sie schließlich anreden. Dies war nicht die normale Weise, einen neuen Kunden kennenzulernen. Der ungefähr Vierzigjährige – anscheinend hieß er Anatol – deutete mit einer Geste auf den Konferenztisch. Er hatte hellbraunes Haar, war glattrasiert, und die rechte Hand spielte, nicht nervös, sondern eher zerstreut, mit einer Büroklammer. Dick setzte sich und öffnete wiederum seine Aktenmappe, deren Inhalt jetzt einen ziemlich chaotischen Eindruck machte. Er kramte den großen transdnistrischen Umschlag hervor, seinen Waterman und den großen Notizblock, einen Spiralblock im Collegeformat, den er mit einer eleganten dunklen Rindslederhülle versehen hatte, damit er auf Kunden überzeugender wirkte, und machte einen raschen Vorstoß, um die Initiative wiederzugewinnen:

– Welche Sprache bevorzugen die Herren? Sind Sie mit Englisch einverstanden? Oder sollen wir lieber Französisch oder Deutsch sprechen? Russisch spreche ich nicht, und ich vermute, auch die Herren sind von dieser Sprache nicht so sehr angetan.

Es war nicht sicher, ob dieser Scherz ankam. Jedenfalls lachte niemand.

Der Herr, der offenbar Anatol hieß, begann zu sprechen. In einer total unbegreiflichen und unbekannten Sprache, und Dick sah ein, daß keine der üblichen Verkehrssprachen hier besonders nützlich wäre.

Es stellte sich heraus, daß ein dünner kleiner

Mann, wesentlich älter als die übrigen, mit einem kurzen schwarzen Bart und Goldrandbrille (er sah aus wie ein russischer Nihilist oder so etwas Ähnliches), der Dolmetscher war.

Nun sprach zum erstenmal derjenige, der anscheinend der Leiter der Delegation war. Als Dick mit dem Stuhl ein wenig zur Seite rückte, damit er nicht mehr unmittelbar im Gegenlicht saß, sah er, daß der Mann vielleicht doch älter als vierzig war. Seine Haare waren kurzgeschnitten, stellenweise graumeliert, und seine Haltung war die eines Militärs. Er machte einen sehr kräftigen und handfesten Eindruck. Doch hatte er einen nervösen Tick, fast unmerklich zuerst, eine Art Zucken in einem Augenlid. Dieser mochte durchaus angeboren sein, aber es wirkte so, als stecke in diesem schweren Körper eine nervöse Energie, die in jedem Augenblick versuchte, der Kontrolle des Willens zu entrinnen und hinauszuschlüpfen.

Das Militärische äußerte sich auch darin, daß er von Anfang an das Kommando übernahm. Er stellte sich nicht vor, sondern ging offenbar davon aus, Dick würde das tun. Als wäre er eine Art Referent vor einem Generalstab.

– Also gut, mein Name ist Dick Olsson. Ich bin ein selbständiger Berater mit einer eigenen Agentur in Austin, Texas, und die Agentur Mac Farlane & Heidrich hat erklärt, die Herren seien an meinem Rat interessiert.

Das einzige, was Dick in der Übersetzung des Dolmetschers erkannte, die mit überraschend heller, fast weiblicher Stimme vorgebracht wurde, als wäre er ein Countertenor (oder möglicherweise Kastrat), waren die Worte »Houston, Texas«.

– Nein, nicht *Houston*, sondern *Austin*. Houston ist eine sehr große Stadt, die unten am Golf von Mexiko liegt. Austin ist eine kleine Stadt, aber sie ist die Hauptstadt von Texas und das Zentrum aller höheren Gerichte von Texas. Dort sitzt ein Großteil von Amerikas Hochtechnologie. Zwischen diesen beiden Städten besteht ein gewisser Unterschied.

Ohne eine Miene zu verziehen, übersetzte der Dolmetscher die Berichtigung. Obwohl es genaugenommen doch darum ging, daß er geschludert hatte.

– Das wissen wir, sagte der Delegationsleiter.

Dick war an sehr verschiedene Arten von Kunden gewöhnt. Einige konnten im Umgang sehr höflich und kameradschaftlich sein, beispielsweise die Direktoren von Dell, andere wieder waren ziemlich hochnäsig. Manche besaßen auch ein eher unkonventionelles Temperament. Ein Marketingleiter von Heather's Car Insurance hatte einmal eine halb ausgetrunkene Dosa Coca-Cola nach Dick geworfen, der sie im Flug auffing und vor sich auf den Tisch stellte, mit dem Ergebnis, daß sein Hemd und sein Schlips ruiniert waren. Dick hatte dafür gesorgt, daß dieser Marketingleiter nicht lange bei Heather's Car Insurance blieb. In der Regel zog er Menschen vor, in denen ein bißchen Leben war. Am allerwenigsten leiden konnte er die mit Fischaugen und geschlossenem Mund, die nicht antworteten, sondern nur zuzuhören schienen.

Dies hier war eine neue Variante. Dick dachte immer noch, der Mann würde sich und seine Delegation vorstellen, nachdem er selbst sich jetzt vorgestellt hatte, und blieb gleichsam einen Augenblick an diesem Gedanken hängen. Der Mann hatte ihm nicht einmal einen Stuhl angeboten, Dick hatte sich unaufgefordert gesetzt, und außer dem Delegationsleiter standen die anderen Herren immer noch um ihn herum, der Dolmetscher an seiner Seite und hinter ihm die anderen Herren. In Unkenntnis der Umstände hätte man meinen können, es handle sich um eine Art Verhör.

– Und mit wem habe ich die Ehre?

– Das wissen Sie. Wir sind die transdnistrische Delegation. Wir gehen davon aus, daß Ihre Geschäftsfreunde in New York Sie ins Bild gesetzt haben.

Dick überlegte, ob er den Herren einen Vortrag in normalem westeuropäischen oder amerikanischen Tempo und Ton halten sollte. Doch aus irgendeinem Grund beschloß er, das nicht zu tun.

– Sie haben sehr gute Referenzen.

– Das freut mich zu hören.

– Sie haben Öffentlichkeitsarbeit für das Rote Kreuz gemacht.

– Oh, das ist schon lange her. Das habe ich fast schon vergessen. Es war eine Kleinigkeit. Ich war nur an einer Ecke mit dabei.

– Und dann gab es eine sehr erfolgreiche Kampagne für eine Automarke, nicht wahr?

– Der *Tropfen*, ja. Manchmal gelingt es einem tatsächlich, die Aufmerksamkeit auf eine Sache zu lenken. Auf eine besondere Weise. Aber das schafft man nicht mit Wehleidigkeit, fügte Dick rasch hinzu, und ohne sich recht zu besinnen, fuhr er fort:

– Und auch nicht mit Anklagen, und schon gar nicht mit Drohungen.

Es wurde ziemlich still. Der anscheinend wichtigste Herr hatte jetzt seine Brille aufgesetzt und schien ein Dossier zu mustern, das er in der Linken balancierte, während er mit der Rechten noch immer die Brille an ihrem Platz hielt, als fürchte er, sie sonst zu verlieren.

– Sie haben sich mit dem Material vertraut gemacht? Mit der Situation des transdnistrischen Volkes, Mr. Olsson?

– Wenn ich es recht verstanden habe, haben Sie vorige Woche einen russischen General in die Luft gesprengt. Dafür, daß Sie hilflose Opfer sind, scheinen Sie gar nicht so hilflos zu sein.

Der Delegationsleiter ließ auch diese Bemerkung unter den Tisch fallen.

Dick merkte, wenn er hier nicht redete, würde auch kein anderer reden. Es sah auch niemand danach aus, ihm ins Wort fallen zu wollen. Was wohl ganz natürlich war. Schließlich und endlich hatte man ihn ja um Rat gebeten.

– Sie haben mir Unterlagen über die Leiden der transdnistrischen Republik zugeleitet, über General Lebeds Taktik der verbrannten Erde gegen Ihre Dörfer und Städte. Ihr Material enthält Berichte über ethnische Säuberungen, über Schändlichkeiten und Übergriffe, die haarsträubend sind. Und aus den Unterlagen geht auch hervor, daß Sie nicht aufgegeben haben. Obwohl Weltorganisationen wie die Vereinten Nationen und die NATO es aus verschiedenen politisch opportunen Gründen offenbar vorziehen, zu schweigen und die Augen zu verschließen. Einen Teil der Bilder, die Sie mir haben zukommen lassen, fand ich so grauenvoll und empörend, daß es mir schwerfällt, sie aus dem Gedächtnis zu streichen, nachdem ich sie einmal gesehen habe. Da gibt es nur ein Problem.

Der Dolmetscher brauchte eine Weile, um diesen ungewöhnlich langen Monolog zu übersetzen. Die Herren der Delegation, die sich jetzt plötzlich alle auf ein Zeichen des Leiters an den Tisch setzten, nickten aufmerksam. Aber sie verrieten nicht die geringste Bewegung.

– Da ist nur ein Problem. In einer vernünftigeren Welt würde das alles lebhafte Gefühle der Sympathie und Empörung auslösen. Doch in der Welt, in der wir uns nun einmal befinden, ist jeder bereits satt von solchen Bildern. Die diesen hier haargenau gleichen. Aus Bosnien, Kroatien, Tschetschenien, Äthiopien, Somalia, Gabun...

Zum erstenmal schien der Delegationsleiter tatsächlich in Bewegung zu geraten, vielleicht aus Ungeduld.

– Was haben die mit uns zu tun?

– Nichts, außer daß sie ebenfalls leiden. Sie konkurrieren mit Ihnen. Auf dem Weltmarkt des Leidens.

Der Delegationsleiter hörte aufmerksam zu, schien aber nicht recht zu begreifen, was er hörte. War es wirklich möglich, daß es in Transdnistrien kein Fernsehen und keine Zeitungen gab? Eigentlich müßten doch diese Personen, als Mitglieder einer Elite, die sie offenbar waren, eine einigermaßen klare Vorstellung davon haben, was in der übrigen Welt vor sich ging?

– Stellen wir uns eine Cocktailparty vor! (Er zweifelte daran, daß das in dieser Gesellschaft das richtige Bild war, aber da die Herren sich tatsächlich mit Public Relations befaßten, waren sie doch wohl auf der einen oder anderen Cocktailparty gewesen?)

Nach einer halben Stunde werden alle heiser, nicht wahr? Und das liegt daran, daß alle das Gefühl haben, sie müßten einander übertönen, um sich verständlich zu machen. Der Geräuschpegel steigt immer mehr an. Gäbe es zwischen allen eine schweigende Übereinkunft zu flüstern, wäre das eine andere Sache.

In einer flüsternden Welt kann man leicht in ruhiger Stimmlage sprechen. In einer klagenden Welt hilft es nicht, die Stimme zu erheben, um zu klagen. Immer ist jemand da, der noch lauter klagt.

(Es schien jetzt tatsächlich so, als hätten die Herren angefangen, ihm zuzuhören. Oder besser gesagt: auf eine andere Weise zuzuhören. Allerdings hatte er keine Ahnung, wieviel von seiner Rede in der raschen Übersetzung des Dolmetschers überhaupt ankam. Ihm wurde blitzartig klar, daß er nicht einmal wußte, in welche Sprache sie in diesem Augenblick übersetzt wurde.)

– Die Herren verstehen, was ich meine?

Der Delegationsleiter betrachtete ihn streng, aber auch mit neuer Aufmerksamkeit.

– Sie meinen also, Mr. Olsson, das Leiden des transdnistrischen Volkes sei es nicht wert, von der Weltöffentlichkeit wahrgenommen zu werden? Wir sollten die Hoffnung aufgeben, daß jemand sich um uns kümmert? Selbst wenn wir einen der besten Berater der USA engagieren?

Und nachdem er einen Augenblick überlegt hatte, fuhr er fort:

– Sie sind Amerikaner. Sie werden niemals wirklich verstehen, wovon wir sprechen. Wenn ich von dem Tag in den fünfziger Jahren erzählen würde, an dem der NKWD kam und alle Männer aus meinem Heimatdorf verschleppte, was würde Ihnen das helfen? Wenn ich von den Maschinengewehren und dem Brandrauch erzählte, der über allem trieb, von den Schreien der Frauen und den Kindern, die hinter den Lastwagen herrannten, in denen ihre Väter verschwanden, Sie würden es nicht glauben. Sie haben nie einen solchen Schrei in den Ohren gehabt.

(Wie kann er das wissen, dachte Dick automatisch und ohne sich selbst richtig zu verstehen. Hatte er nicht selbst auch immer einen solchen Schrei in sich?)

– Herr Oberst (der Titel kam ihm wie von selbst über die Lippen), ich unterschätze nicht Ihre lange und schwere Geschichte. Ebensowenig wie das Leiden Ihres Volkes. Aber nicht dafür haben Sie mich als Experten hergebeten. Sie wollen, wenn ich den Auftrag richtig verstanden habe, von mir erfahren, wie Sie die Aufmerksamkeit der Welt auf Ihre Situation lenken können, insbesondere die Aufmerksamkeit der Großmächte. Und das ist eine andere Sache.

– Nun (auf einmal war eine Spur gefährliche Ironie in der Stimme des Mannes, den Dick »Oberst« genannt hatte), was haben Sie vorzuschlagen, Mr. Olsson. (Die Art, wie er den Namen aussprach, war sehr eigentümlich, mit einem sehr dicken »L« und der ganzen Betonung auf der zweiten Silbe, so daß es einen Anklang ans Arabische hatte: *Al Sonn.*)

– Ich habe gerade erst angefangen, über dieses Projekt nachzudenken. Zum Teil besteht es darin, die Sache meines Klienten in den Medien zu verankern. Im Fernsehen, in Zeitungen, eventuell in Büchern. Doch das ist die geringere und leichtere Aufgabe. Zuallererst müssen wir unbedingt das finden, was diese Medien vermitteln können. Die ganze Kunst besteht darin, zwei Ideen miteinander zu verbinden. Auf eine solche Art, daß die eine Idee die andere trägt. Freunde von mir haben einmal eine Flasche erfunden. Es war eigentlich eine ziemlich gewöhnliche Flasche, eine Form, die man vor langer Zeit in Apotheken für Medizin benutzte. Doch mit dieser Flasche haben sie eine ganz einfache und gewöhnliche Schnapssorte überall in der christlichen Welt verkauft.

– Wir sind keine Christen...

– Das ist auch nicht das Wesentliche. Lassen Sie mich noch ein Beispiel nennen: ich habe einmal vorgeschlagen, die gesamte Werbung für eine Automarke sollte von einem Wassertropfen ausgehen, der an einer Fensterscheibe hinabglitt, zuerst langsam, dann immer schneller. Keine Bilder von dem Auto – nur das Bild des Tropfens. Die Schlüssel waren tropfenförmig, der Griff des Schalthebels war ein Tropfen...

– Wollen Sie etwa behaupten, das hat funktioniert?

– Und ob es funktioniert hat.

– Es fällt mir schwer, das zu glauben.

– Es ist schwer, das zu glauben. Aber so etwas funktioniert in den modernen Medien. Manchmal konnte ich es selbst kaum glauben.

– Was schlagen Sie also vor, Mr. Al Sonn? Was schlagen Sie uns vor, um die Transdnistrische Republik in die Weltkarte einzuschreiben?

– In erster Linie sollten Sie sich nicht als Opfer darstellen. Viel besser wäre es, wenn Sie sich als sehr grausam und sehr entschlossen darstellten. Aber auch dieses Bild ist bereits verbraucht. Von den modernen Terroristen. Sie könnten natürlich eine gewaltige Sprengladung in Moskau hochgehen lassen oder ein Flugzeug entführen. Das würde temporär Aufmerksamkeit erregen. Aber nach den Palästinensern und der Hamas würde diese Aufmerksamkeit bald wieder untergehen. Falls Sie das Pech hätten, den Anschlag an einem Tag zu verüben, an dem ein großer amerikanischer Prozeß entschieden wird, würde das ausreichen, um die Aufmerksamkeit abzuziehen. Sie brauchen etwas, das noch nie richtig ausprobiert wurde. Vielleicht eine Religion? Eine neue Religion.

– Wir haben bereits eine Religion. Wir sind gläubig. Wir sind Moslems.

– Aber es gibt im Islam wie im Christentum verschiedene Richtungen und Sekten. Sie könnten beispielsweise der Welt sagen, Sie seien die einzigen rechtgläubigen Muslime. Sie könnten sagen, Sie seien

Assassinen – da haben wir's. Sie wären zu allen nur denkbaren kühnen Untaten bereit, um ihres Glaubens willen. Sie wären die letzten Assassinen, und Sie würden nicht weichen. Tief im Inneren Transdnistriens lebt ein seltsamer, geheimnisvoller Führer, er heißt der Alte vom Berge, und er ermahnt Sie, den Kampf weiterzuführen, bis der letzte Russe transdnistrischen Boden verlassen hat.

Oder – wenn Ihnen das nicht gefällt (Dick konnte nicht umhin zu merken, daß seine Worte einen gewissen Eindruck machten, aber es war nicht leicht zu sagen, welchen: womöglich würde dieses Gespräch ein Ende mit Schrecken nehmen) können wir uns natürlich etwas anderes ausdenken. Aber das Wesentliche ist, daß Sie eine Möglichkeit finden, zu sagen...

– Was zu sagen?

– Zu sagen: »Wir sind keine Scheiße.«

Es dauerte eine Weile, bis der Dolmetscher mit diesem Ausdruck zurechtkam. Er probierte mehrere Varianten, bis er eine gefunden hatte, mit der er offenbar sehr zufrieden war.

– Warum, glauben Sie, ist es den deutschen Nazis gelungen, solche Volksmassen um eine so blasse und einfältige Botschaft zu scharen? Arbeitslose, käsige, verkommene Typen, die plötzlich von überallher in Uniformen auftauchten und eine ganze, relativ zivilisierte Gesellschaft mit einer Botschaft erschreckten, die so pueril, so einfältig war, daß eigentlich niemand sie ernst nahm, bis es viel zu spät war. Oder warum, glauben Sie, kann Pastor Farrakhan mit seinen dunkel gekleideten eleganten Leibwächtern eine

Million schwarzer Männer dazu bringen, nach Washington zu gehen? (Dick hatte keine Ahnung, ob diese Männer je von Pastor Farrakhan gehört hatten, vielleicht nicht einmal von Hitler.) Sie alle sagen – in verschiedenen Tonlagen – dasselbe: Wir sind keine Scheiße. Wir sind keine Opfer, wir sind nicht schwach, wir sind im Gegenteil gefährlich, ihr tut gut daran, uns im Auge zu behalten. Sonst weiß die Welt nicht, was passieren kann. Sie haben mich gefragt, wie Sie die Welt dazu bringen sollen, Sie wahrzunehmen. Meine Antwort ist: sagen Sie niemals: wir sind die Betroffenen, die Wehrlosen, die Schwachen, die Überfallenen. Sagen Sie statt dessen: wir sind ein Teil der unsicheren Welt der Zukunft. Wir sind gefährlich, wir sind die vier Reiter der Apokalypse!

Es war eine ungewöhnlich lange Rede, dafür daß sie von Dick Olsson kam. Er war es gewöhnt, seine Ideen kurz und fast einsilbig mitzuteilen und mit so leiser Stimme, daß die Leute merkten, sie mußten ihre Aufmerksamkeit anspannen, um zu verstehen, was er zu sagen hatte. Möglicherweise war auch das ein professioneller Trick.

Es war klar, der Dolmetscher hatte es nicht leicht, aber allem Anschein nach hatten die Zuhörer das Wichtigste mitbekommen. Es wurde ganz still. So still, daß Dick tatsächlich die Klimaanlage im Raum hören konnte. Gab es womöglich noch andere, die lauschten? Die Gefahr, daß ein solches Treffen abgehört wurde, war vermutlich ziemlich groß.

Zunächst hielt die Stille an. Dann erhoben sich Stimmen. Die Delegation begann untereinander zu diskutieren, lebhaft und leise. Hin und her. Dick blätterte in den Papieren, die er bekommen hatte. Vor und zurück. Er fragte sich, was eigentlich los sei. Der Oberst, oder wie man den Delegationsleiter nennen sollte, räusperte sich nach einer Weile und klopfte mit seinem Bleistift leicht auf den Tisch. Er war es gewohnt, daß man ihm gehorchte. Es wurde still in der Klasse.

– Ich hoffe, sagte Dick, jetzt ganz leise, daß man uns nicht abgehört hat. Und daß ich, trotz der Sprachschwierigkeiten, mich habe verständlich machen können. Was ich Ihnen gegeben habe, ist vermutlich ein ziemlich brauchbarer Rat.

– Das ist allerdings keineswegs sicher, sagte der Oberst. Wir haben mit Interesse zugehört. Wir wissen Ihre Aufrichtigkeit zu schätzen. Sie haben eine andere Analyse unserer Probleme. Eine ganz andere Analyse als unsere eigene. Ihre Analyse ist für uns völlig neu.

Wir glauben aufrichtig gesagt nicht, daß wir Ihre Analyse zur Grundlage unserer Arbeit machen können. Aber wir danken Ihnen, daß Sie sich die Zeit genommen haben. Sie wird Ihnen natürlich reichlich vergolten werden. Aber wir haben beschlossen, daß wir Ihre Dienste vorerst nicht mehr brauchen. Sollte es aktuell werden, halten wir Kontakt durch Ihren Agenten in Washington.

– Ich bin durchaus erleichtert, sagte Dick, und danke für Ihre Geduld und Ihre Aufrichtigkeit. Das ist völlig in Ordnung. Morgen muß ich in einer sehr wichtigen Familienangelegenheit nach Stockholm zurückkehren; ich muß meine Mutter begraben, die kürzlich gestorben ist.

Im selben Augenblick, als er das sagte, merkte er, daß er tatsächlich log. Nicht morgen würde Dick seine Mutter begraben. Erst in den nächsten Tagen. An welchem Tag genau, das wußte er selbst noch nicht. Zuerst mußte er ja versuchen, seine Onkel zu erreichen.

– Auch wir haben viele zu begraben, sagte der Oberst überraschend.

Dick überlegte, ob das ein Vorwurf war oder vielleicht nur eine nüchterne Feststellung. Vermutlich letzteres. Man hat immer jemanden zu begraben. Die Transdnistrier hatten viele.

Er sah über den Tisch hinweg und betrachtete die transdnistrische Delegation, ihre schweren Gesichter. Auch sie mußten kleine Jungen gewesen sein. In einer fernen Gegend, von der man nur wußte, daß sie jenseits des Flußes Dnistra lag und daß sie von den Russen unabhängig sein wollte, hatten sie als Jungen gespielt. Oder hatten sie womöglich überhaupt keine normale Kindheit gehabt?

Bald werden sie alle tot sein, schoß es ihm durch den Kopf. Sie haben keine Chance. Und er fügte automatisch hinzu: Bald werde auch ich tot sein.

Ich bin der schlimmste Zyniker, den ich kenne. Verglichen mit mir ist sogar Ingo eine richtig feine Persönlichkeit. Allerdings habe ich auch nie das Bedürfnis verspürt, fein zu sein. Immerhin habe ich nicht gelogen.

Er ging wieder auf sein Hotelzimmer, loggte sich ins Netz ein und stellte zu seiner Überraschung fest, daß die Mailbox überquoll. Es schien, als hätten alle Menschen beschlossen, ihn ausgerechnet an diesem Morgen zu erreichen. MacFarlane & Heidrich wollten wissen, ob das Treffen zustande gekommen war. Der Anwalt in Stockholm hatte einen Anruf vom Beerdigungsinstitut erhalten, wo man ihn erreichen könnte. Offenbar war die Högalids-Kirche am Samstag besetzt, dem Tag, den Dick genannt hatte. Es gab Versicherungsprobleme mit dem Bungalow in Tortola, den der Sturm zerstört hatte. Anscheinend war es gar nicht mehr so gewiß wie neulich, daß er versichert war.

Die Firma Texas Instruments bat dringend um einen Rückruf. Neue, revolutionierende Hardware war offenbar im Entstehen. Und sie wollten ihn von Anfang an dabeihaben. Sie deuteten etwas Großartiges und vorerst sehr Geheimnisvolles an. Das klang im Grunde vielversprechender als transdnistrische Befehlshaber, die sich das Recht anmaßten, in seiner Aktenmappe zu wühlen, bloß weil sie Feinde hatten.

Dicks erster Anruf galt Eleonora. Als er die Nummer gewählt hatte, merkte er, daß er nur auf diesen

Augenblick gewartet hatte. Es kam ihm nicht mehr sonderbar vor. Wo der Übergang stattgefunden hatte, wußte er nicht, der Riß zwischen seiner früheren Welt und dieser Welt, in der er sich nicht mehr zurechtfand, war zu mikroskopisch dünn, um wahrgenommen zu werden.

Es dauerte sehr lange, bis sich am anderen Ende der Leitung jemand meldete. In einem der vielen Kanäle seines Bewußtseins hatte er die ganze Zeit über an sie gedacht. Urlicht. War es das, wovon diese Sache mit dem Urlicht handelte?

Nein. Eleonora war nicht da. Es war Lucrezia, die sich meldete. Die Schwester. Die also eigentlich Eleonora hieß. Ob er mit Eleonora sprechen könne? Es sei Señor Dick. Aus Europa.

Nein. Das sei leider nicht möglich. Eleonora sei nicht da. Es hätte eine Menge Probleme gegeben.

– Was denn für *problemas*?

Das sei am Telefon nicht so leicht zu erklären. Offenbar etwas mit El Immigration. Sie führten gerade eine ihrer Kampagnen durch. Und machten Razzien. Sie gingen mit Fahndern herum und verlangten die *green cards. Documentos.*

Sie hätten massenhaft Leute geschnappt. Und sie zur Grenze abgeschoben. In Bussen. Von Baustellen. Und Restaurants. Und Büros.

Dick stieß einen so deftigen Fluch aus, daß eventuelle großrussische Agenten, die seine Leitung abhörten, bestimmt einen Gehörschaden davontrugen.

Hatten sie Eleonora geschnappt?

Man hatte sie im Büro verhaftet und in den Bus nach Nuevo Laredo gesetzt. Sie hatte nicht einmal die Möglichkeit gehabt, zu Hause anzurufen. Ein Freund hatte angerufen.

– Hatte sie Freunde im Büro? Eine *Freundin*?

– Nein. Sie hatte einen Freund im Büro.

Wo war sie jetzt?

Nicht leicht zu sagen. Irgendwo in Mexiko. Man hatte ja keine Ahnung. Wenn der Señor sich nach seiner Heimkunft wieder melden würde, würde sie vielleicht mehr wissen.

Aha. Vielen Dank, Lucrezia. Oder sollte ich vielleicht sagen: Eleonora? Das tut mir sehr leid.

Ihm fehlte ihre Stimme. Das war alles. Und er hatte plötzlich das Gefühl, als hätte er versucht, in eine andere Welt einzudringen, voll fremder Sorgen und Hoffnungen, die nie die seine werden konnte. Er argwöhnte, er würde Eleonora nie mehr zu sehen bekommen. Sie war verschwunden, Punktum.

Nachdem Dick den Hörer aufgelegt hatte, blieb er lange einfach so sitzen. Hätte er die Gabe besessen, er hätte geweint.

Aber diese Gabe hatte er nicht. Verschiedene verzweifelte Pläne, Kongreßmitglieder und Senatoren, die er kannte, anzurufen, schwirrten ihm durch den Kopf. Aber was konnten sie schon ausrichten? Nichts.

Vielleicht könnte man einen Privatdetektiv nach Mexiko schicken?

Im selben Augenblick wurde ihm klar, wie töricht dieser Gedanke war. Eleonora war aus seinem Leben verschwunden, genauso plötzlich, wie sie darin aufgetaucht war.

Im Fernsehen wurde ein Spieler von Hertha interviewt. Er sollte angeblich 23 Millionen Mark bekommen, um in eine Mannschaft in Mailand überzuwechseln. Das Fernsehen war mittlerweile der Gipfel der Dummheit. Wie ein bekannter deutscher Intellektueller kürzlich in einem aufsehenerregenden Artikel gesagt hatte, der in der Branchenpresse häufig zitiert wurde: ein vollständig leeres Medium.

Sollte er noch einmal versuchen, die Schwester anzurufen? Später? Wann?

Er war zu müde.

Wenn man übermüdet ist, wird das Schlafen fast unmöglich. Das war eine Erfahrung, die Dick in seinem Leben schon verschiedentlich gemacht hatte. In der Agentur am Kungsholms Hamnplan hatte er früher manchmal in einem Schlafsack unter dem Schreibtisch genächtigt, wenn es knapp wurde mit der Zeit vor einer richtig großen Präsentation. Man schläft immer unruhiger, je weniger man schläft.

In der Nacht nach dem Treffen mit der Delegation schlief Dick einen äußerst unruhigen Schlaf. Er wachte immer wieder von einem trockenen, rasselnden Husten auf, der möglicherweise von einem Reinigungsmittel im Teppich ausgelöst wurde oder von den Blumen in der Vase.

Gegen Ende der Nacht hatte er einen unruhigen Traum. Er hatte sich mit seiner geschiedenen Frau verabredet. In einem ungarischen Hotel. Warum ungarisch, wußte er nicht, aber so war es. Kein Zweifel. Sie sollte auf Zimmer 212 sein. Dick schleppte sein Gepäck durch immer weitläufigere Säle – das Hotel sah aus wie die Hotels in Thomas Manns Romanen gewöhnlich aussehen, Stuck an der Decke, Kristallüster, elegant gekleidete Bürger, die in Sofagruppen saßen und Tee oder möglicherweise etwas Stärkeres tranken – und nirgends war diese verflixte Nummer 212 zu finden. Das Labyrinth verzweigte sich immer mehr, und die Räume wurden immer größer.

Wie er auch suchte und herumirrte, nirgends in diesem Hotelpalast konnte er Ann entdecken. Aber er wußte, daß sie irgendwo stecken mußte. Hinter einer Tür, die er nicht fand.

Und irgendwie begleitete Eleonora ihn auf dieser Suche. Wie eine Art dienstbarer Geist. Aber sie war nicht sichtbar. War nur als Duft gegenwärtig.

Vielleicht war Eleonora letztlich nichts anderes als ein Duft?

Er wünschte, er hätte seinen Traumfänger auf der Reise dabeigehabt.

Das Mädchen mit dem Auto. Sie verhieß eine Zuflucht, einen Fluchtweg. Sie hatte versprochen, ihn abzuholen, nicht um sechs, aber um acht Uhr morgens. Sie hatten es am Telefon so vereinbart. Dick wollte so früh wie möglich das Hotel verlassen.

Er hatte das Mädchen noch am selben Nachmittag angerufen. Warum, wußte er nicht genau. Vielleicht, um einen Menschen zum Reden zu haben. Das war es, was er jetzt am allermeisten brauchte; einen Freund zum Reden.

Was ich auch tue, es sieht immer mehr oder weniger nach einer Schweinerei aus, sagte er zu seinem Spiegelbild. Es spielt keine Rolle, wie gut die Absichten sind. Mein Schicksal ist es, als richtig widerlicher Zyniker zu handeln und dazustehen. Und als Egoist.

Kaum habe ich einen Menschen gefunden, den ich liebe, bin ich schon bereit, diese Frau mit einer anderen zu betrügen. Oder vielleicht gerade darum, weil ich sie liebe.

Oder vielleicht, weil ich überhaupt niemanden lieben kann. Vielleicht bin ich für so etwas zu fragmentarisch. Zu sehr ein Teil von einem Puzzle, das nirgendwo hinpaßt. Nirgendwohin. Eigentlich.

Das Mädchen holte ihn mit dem Auto ab, allerdings mit der unbegreiflichen Verspätung von fast einer vollen Stunde. Die sie dann nicht einmal erklärte. Vielleicht hatte sie einfach verschlafen? Es war ihm sehr lästig, im Foyer zu warten. Aus irgendeinem Grund mißfiel ihm der Gedanke, daß jemand aus der Delegation ihn hier entdecken könnte. Doch diese Gefahr war jedenfalls vorbei, als er endlich den Kleidersack und die Aktenmappe im Auto des blonden Mädchens verstaute. Keine Probleme am Empfang. Alles war bezahlt, alles erledigt. Von seinen Klienten sah er keine Spur.

Eins mußte man ihr lassen, sie fuhr gut. Irena. Sie fuhr weich und sinnlich, und es war nicht viel Verkehr. Schon bald waren sie auf der B 101, die nach Süden führt, schnurstracks in die Mark Brandenburg hinein. An der linken Wange hatte sie ein kleines Muttermal. Man konnte es nicht sehen, wenn man neben ihr im Auto saß. Er war auf dem Weg ins große Unbekannte. Wo Eleonora sich jetzt wohl befand? An irgendeiner Sammelstelle oder in einem *Lager* in Mexiko? Was machte man mit den Abgeschobenen? Er hatte nichts dagegen, hier neben dieser Fremden zu sitzen. Nichts hielt ihn an diesem Morgen fest. Nichts. Nirgends.

Berlin endet im Süden ganz abrupt, fast wie eine mittelalterliche Stadt. Allerdings mit eleganten, terrassenförmig angelegten Hochhäusern mit Balkonen nach Süden. Dann beginnen die Alleen, die Sonnenblumenfelder, die kleinen zurückgebliebenen Dörfer. Bei den Autobahnen ist das bestimmt anders, aber auf der B 101 hört der Asphaltbelag ziemlich bald auf. Dann kommt Kopfsteinpflaster, hier und da mit Asphalt geflickt.

– Das Leben, das ich führe, sagte Dick Olsson, ist für mich absolut unbefriedigend. Es mag undankbar klingen, wenn ich das sage, aber es fängt an, mich entsetzlich zu langweilen.

– Das kommt vielleicht daher, daß Sie niemanden haben, den Sie wirklich mögen, sagte das blonde Mädchen. Heute war sie etwas legerer angezogen. In einem Baumwollhemd und einem ziemlich kurzen Rock. Sie trug keine Strümpfe, und die Füße auf den Pedalen steckten in eleganten Sandalen, die den roten Nagellack der Zehen durchschimmern ließen.

– Doch, ich habe jemanden. In gewisser Weise. Aber sie ist vollständig unmöglich.

– Wieso unmöglich?

– Sie gehört zu einer fremden Kultur, spricht eine fremde Sprache.

Gehört zu einer fremden Welt, könnte man sagen.

– Eine Chinesin?

– Wenn es denn so einfach wäre.

– Wer ist sie?

– Eine illegale Immigrantin. Eine kolumbianische Putzfrau. Die manchmal zum Saubermachen zu mir kam. Sie gehört zu einer anderen Welt. Es ist schwer, die Tür zu so etwas zu öffnen.

Haben Sie auch das Gefühl, daß der Abstand zwischen den Menschen immer größer wird?

– Zwischen manchen Menschen, ja.

– Die Gesellschaft treibt auseinander. Wenn das noch ein paar Generationen so weitergeht, bekommen wir in Europa ein Kastenwesen vom indischen Typ.

Die freie Mark Brandenburg wurde immer freundlicher, immer altertümlicher, immer bäuerlicher in ihrer Prägung, je tiefer sie in die Landschaft eindrangen. Habichte schwebten über weitgestreckten Feldern. Fichtenwälder standen im schwachen Sonnenlicht des Oktobermorgens wie Plantagenbäume. Misthaufen und Stapel von frisch geernteten Zuckerrüben säumten die Dorfstraßen, und die Gasthöfe trugen immer eigentümlichere Namen. Die Straßenkreuzungen waren lebensgefährlich, da sie keinen rechten Winkel bildeten, sondern oft von Häusern verdeckt waren und in einem Winkel von etwa dreißig Grad verliefen. Das Mädchen, das ihm Leipzig zeigen wollte, schien diesen Weg oft zu fahren. Der Verkehr erinnerte ein wenig an Schweden. Schnelle und selbstsichere Mercedes- und BMW-Fahrer setzten sich mit frechen und eleganten Überholmanövern vor asthmatische und langsam tuckernde Trabbis. Klassenunterschiede, gespiegelt im Straßenverkehr. Beim Überholen grauste es Dick manchmal, der die texanischen Straßen gewöhnt war, die jedenfalls weniger gefährlich wirkten. In solchen Momenten sah er zu Irena hin. Auch am Hals hatte sie ein braunes Muttermal. Das gefiel ihm. Es machte sie deutlicher. Irena erging sich unbeschwert in ihrer Schilderung von Leipzig, erzählte, wie es war, im Winter auf dem Weiher am Völkerschlachtdenkmal Schlittschuh zu fahren (als führe man Schlittschuh im Schatten eines verlassenen notgelandeten Raumschiffs von einem sehr kriegerischen Planeten), oder wie es zuging, als die Revolution von neunundachtzig in Leipzig begann. Von den betenden Menschen in der Kirche, die sich einfach nicht überwältigen, nicht hindern ließen, weil sie die Selbstgewißheit derer, die sie holen kommen sollten, von innen her aushöhlten. Gebete hätten eine gewaltige Kraft, meinte sie. Der schwedische Amerikaner Dick, der denkbkar unkirchlich war und religiöse Riten nur als soziale Bestätigung betrachtete – für die Zugehörigkeit zu einer Gruppe und alles mögliche andere –, schüttelte vorsichtig den Kopf, hütete sich jedoch, ihr zu widersprechen. Statt dessen fragte er ganz leise, ob sie sich vorstellen könnte, für ihn zu beten.

Warum er das wünsche?

– Es wäre ein so sicheres, so beruhigendes Gefühl zu wissen, daß man für eine winzig kleine Weile in die Gedanken eines anderen Menschen eingeschlossen wäre. Es ginge ihm nicht so sehr um Gott, sondern darum, daß jemand anders auf diese Weise an einen dächte.

Sie hatten Trebbin passiert und waren schon ein gutes Stück auf dem Weg nach Luckenwalde. Sie wollte einen Abstecher nach Jüterbog machen, in eine kleine Stadt, deren Namen Dick amüsierte, weil er so ähnlich klang wie »Göteborg« – und sie wollte ferner einen kleinen Abstecher nach Petkus machen, um das berühmte alte Kloster von Baruth zu sehen.

Sie lebte mit einem Mann zusammen, den sie selten traf und der eine kleine Tochter hatte. Sie hatte das Gefühl, die Tochter könne sie eigentlich nicht leiden und gebe sich alle Mühe zu zeigen, daß sie nicht ihre Mutter war.

– Ja, kleine Mädchen können sehr gemein sein. Das merkt man, wenn sie sich mit ihren Freundinnen verzanken.

– Kleine Jungen auch!

– Nein. Nicht auf diese Art. Normalerweise nicht. Kleine Jungen ärgern einander und prügeln sich. Aber sie versuchen nicht, einander sozusagen mit Gefühlen zu vergiften.

Woher er das wisse?

Er habe ja selbst Kinder gehabt.

Und was sei mit seiner Frau?

Ja. Das wußte er auch nicht so genau. Er versuchte sich zu erinnern, wie das passiert war, das mit Ann.

Sie war eigentlich immer ein bißchen eigen gewesen, aber die ersten zehn Jahre war es ihm kaum aufgefallen. Sie hatte einen Hang, aus dem Haus zu flüchten, unter dem Vorwand einer kleinen Besorgung, eines Friseurbesuchs oder was auch immer, um dann viele Stunden wegzubleiben.

Dann kam eine Depression. Eine richtig klinische Depression, gegen die ihr die Ärzte Tabletten verordneten. Sie bekam davon einen eigentümlichen Geruch. Er erinnerte sich an all ihre Düfte, sogar die, welche von den Antidepressiva herrührten. Woran er sich bei Leuten erinnerte, waren Stimmen und Gerüche. War genügend Zeit vergangen, blieben solche Dinge übrig. Es war schwierig gewesen, mit ihr zu reden. Sie war sozusagen nicht richtig da. Dachte vielleicht immerzu an etwas anderes.

Er hatte nicht gewußt, was er tun sollte. Es war auch schwer für den Jungen, der damals aufs Gymnasium ging. Aber der tat sich meist mit seinen Freunden zusammen. Spielte merkwürdige Musik auf dem Grammophon und war selten zu Hause.

Dick hatte eine ganz andere Entwicklung erwartet. Er hatte gedacht, sie würde immer depressiver werden. Er hatte ernstlich darüber nachgegrübelt, was wäre, wenn sie in einer Nervenklinik landete.

Aber statt dessen, es war im Vorfrühling, trat eine plötzliche Veränderung ein. Sie wurde aktiver. Ihr Gesicht bekam Farbe. Sie fing an, eifrig mit Freunden und Freundinnen zu telefonieren.

Es hatte ziemlich lange gedauert, bis er darauf kam, daß Ingo dahintersteckte. Ingo, der verdammte Guru, der Weise, der immer im voraus wußte, was kommen würde. Ingo mit dem langen weißen Haar.

Kurz gesagt, seine Frau hatte ihn wegen seines Geschäftspartners verlassen und schien sehr glücklich dabei. Er war es, der sie traurig gemacht hatte.

– Was für eine schreckliche Kränkung, sagte Irena.

– Das kann man wohl sagen. Nach und nach haben er und seine Freunde auch die Agentur übernommen.

Sie kamen nach Jüterbog. Eine freundliche kleine Stadt in der Mark Brandenburg mit vielen Kirchen, alle groß wie Kathedralen. Irena wußte offenbar, wohin sie wollte. Sie parkte im Schatten von St. Nikolai mit den zwei hohen Türmen. Sie wollte unbedingt eine Turmbesteigung mit ihm machen.

Und danach zu Mittag essen. Diese Kirche sei tatsächlich sehr bemerkenswert. Weshalb? Weil hier der Ablaßkrämer Johann Tetzel sein Unwesen getrieben hatte. Mit seinem schamlosen Schachern im Dienst des Albrecht von Mainz hatte er Martin Luther in Wittenberg so gereizt, daß dieser die 95 Thesen schrieb, die die ganze lutherische Reformation in Gang brachten. Der große Kasten mit den Ablaßbriefen stand irgendwo hier in dieser Kirche. Sie wollten ihn unbedingt finden.

Es war nicht ganz leicht, in die Kirche zu gelangen. Sie war zugesperrt, aber drinnen gab es Geräusche. Ein Handwerker ließ sie ein. Hohe Gerüste reichten bis zur Decke des Chors. Der Handwerker, ein alter Mann mit einer sehr sonderbaren Brille (sie war mit Lupen verstärkt), beugte sich über einen Tisch mit einer starken Lampe. Er zeigte ihnen die Holzschnitzerei, die er langsam und äußerst sorgfältig restaurierte: das Gesicht eines Engels, von dem die meiste Farbe abgeblättert war. Aber ein Rest war noch da. Wie die freie Mark Brandenburg? sagte Dick. Irena nickte. Sie fand, das sei ein gutes Bild.

Wäre dieser Johann Tetzel nicht so herausfordernd aufgetreten, mit seinem Kasten landauf, landab fahrend, von Ochsen oder von starken Gäulen gezogen, und wäre er nicht auch nach Wittenberg gelangt, hätte die lutherische Reformation vielleicht niemals stattgefunden. Wie würde Europa dann heute aussehen? Und Amerika? Und Asien? Johann Tetzel hatte es wirklich geschafft, Aufmerksamkeit zu erregen. Aber auf die völlig falsche Art. Und doch hatte er nur Sicherheit versprochen. Bezahle einen kleinen Versicherungsbrief, und deine toten Angehörigen kommen aus dem Fegefeuer.

– Wie konnten sie nur an so etwas Merkwürdiges glauben, fragte er Irena.

– Nicht merkwürdiger als eine Menge Dinge, an die heutzutage die Leute glauben.

– Nein. Mag sein.

Der Kasten war an seinem Platz, überraschend groß und schwer. Ein Koloß aus eisenbeschlagenem, geschwärztem altem Eichenholz. Da hinein waren die Silbermünzen gefallen, mit welchen man die Seelen der Toten freikaufte. Offenbar diente er immer noch als Opferstock. Vermutlich für einen harmlosen Orgelfonds. Dick überlegte, ob er wirklich genügend in Form sei, um an einem solchen Morgen einen Kirchturm zu besteigen. Er sah Irena an. Sie war sehr jung. Ihre Fähigkeit, sich über etwas zu freuen, gefiel ihm ungemein. Wie ein junger Hund. (Nein, keine Hündin.) Ein junger Hund, bei dem das Leben im ganzen Körper vibriert.

Wenn sie versprachen, beim Verlassen des Turms Bescheid zu sagen, dürften sie ihn besteigen. Die Handwerker wollten keinen Ärger mehr mit Leuten, die man dort vergaß.

– Wir werden hinaufklettern, gleich. Aber vorher möchte ich etwas ausprobieren, sagte Dick.

Er wühlte in seiner Brieftasche und fand eine Zwanzig-Dollar-Note. Es gab auch einen Hunderter, und daß er ihn nicht nahm, hatte nichts mit Geiz zu tun; für ihn hätte das kaum einen Unterschied gemacht. Aber in Deutschland war man sehr vorsichtig geworden mit Hundert-Dollar-Scheinen, seit es hieß, russische Banden würden in Stockholm und Damaskus hergestellte Blüten in Umlauf bringen. Deutsche Hotels akzeptierten sie nicht mehr. Und die Banken nur unter Vorbehalt. Er wollte keine Unannehmlichkeiten.

– Ich möchte etwas ausprobieren, sagte Dick. Ich möchte sehen, ob ich eine Seele befreien kann. Eine einzige ist genug.

Vorsichtig steckte er den Zwanzig-Dollar-Schein in den Schlitz des Ablaßkastens. Anscheinend fiel er da drinnen lautlos zu Boden.

– Ist das nicht ziemlich abergläubisch?

– Ja. Freilich ist es das.

Irena ging voran. Es war eine sehr enge, sehr dunkle Wendeltreppe. Nach etwa zwei Windungen kam eine Lichtscharte, und dann war es wieder dunkel. Jedesmal, wenn sie in das Licht der Scharte kamen, sah Dick ihre kräftigen Waden vor sich. Sie war offenbar ein gut durchtrainiertes Mädchen. Vielleicht joggte sie? Oder sie spielte Tennis?

Es war ein angenehmes Gefühl, endlich in den Glockenturm zu kommen und dann durch eine Tür hinaus auf die Balustrade des Nordturms zu treten. Dick, der nicht mehr so schwindelfrei war wie früher einmal, drückte sich vorsichtig an die Turmwand. Die Landschaft dehnte sich, in ihren Oktoberfarben leuchtend, unter ihm aus. Jetzt war es weit bis zum Horizont. Irgendwo im Süden glitzerte ein Fluß. Konnte es wirklich die Elbe sein? Oder war es vielleicht ein regionales Flüßchen? Merkwürdigerweise gab es eine Brücke hinüber zu dem anderen Turm der Kirche, eine Brücke, die direkt in die Luft hinausführte, mit einem ziemlich niedrigen Geländer. Eine Eselsbrücke, kam es ihm vor. Irena überquerte sie, ohne zu zaudern, und winkte Dick fröhlich zu, ihr zu folgen. Ihr Rock flatterte im Wind, und dieses Flattern nahm seine Aufmerksamkeit mehr gefangen als alles andere. Es war unwiderstehlich. Raschen, aber festen Schrittes ging er hinüber, nahm sie in die Arme und drückte sie so fest an sich, wie er nur konnte; sie mußte die plötzliche Erektion gespürt haben, und das war ihm keineswegs peinlich. Er küßte sie lange. Und alles wurde beantwortet. Mit einer rollenden, empfindsamen Zungenspitze. Lange blieben sie so stehen.

Zeit und Ort waren für etwas anderes nicht besonders geeignet. Und er hatte sie intensiv lieb.

Was für einen Platz in seiner Welt sie hatte – das war eine andere Frage.

Oder besser gesagt, ihr Platz war genau hier, in diesem Augenblick. Es gibt keine anderen Plätze in einem Leben als solche Augenblicke.

In einer Welt von Feministinnen, Vegetariern und Laktovegetariern und wie das alles hieß, militanten Nichtrauchern und Sensitivitätstrainern fühlte sich Dick manchmal angenehm altmodisch. Er war ein Steinzeitmensch, der blutige Steaks schätzte und nach einem guten Essen gern kubanische Zigarren rauchte, falls er welche zur Verfügung hatte.

– Es ist schön, aber es ist windig hier, sagte er und machte sich behutsam von ihr los. Und außerdem sind wir ja ziemlich sichtbar.

In diesem Moment kam Dick eine sehr sonderbare Idee. Es schien ihm, als hätte er keine Seele mehr.

Nur einen Körper, einen pulsierenden, schmerzenden, lebendigen Körper, der sich nach der Umarmung von Frauen sehnte, aber auch nach Luft und Licht, einen Körper, der schwimmen und laufen konnte und alle seine Erinnerungen bewahrte. Doch er hatte nicht mehr das Gefühl, eine Seele zu haben. Sie war fortgeweht.

Das dauerte natürlich nur einen Augenblick. Aber es kam ihm vor wie eine lange Zeit. Die Seele war fort. Sie war ihm weggeflogen! Er fühlte sich leer und klar und rein, das ganze Dornengestrüpp, das Knäuel von alten, hoffnungslos miteinander verfilzten Fäden seiner Seele war im Wind davongerollt. Wie Taumelkraut, solch ein Bündel von verheddertem altem Reisig, das der Wind im Februar über die offenen Hochebenen in Texas treibt. Meine Seele – wo bist du geblieben? Ich hab es nicht einmal geschafft, dir adieu zu sagen!

Irgendwas mußte da schiefgegangen sein. Es war doch nicht *seine* Seele, die er hatte befreien wollen, sondern eine andere. Aber der alte Johann Tetzel, dieser mächtige Mann, um dessentwillen sich das Gesicht Europas so sehr veränderte, hatte ihn offenbar mißverstanden. Oder trieb er vielleicht seinen Scherz mit ihm?

Ihr Gesicht war sehr warm und stark gerötet. Sie betraten die runde Turmkammer, wo einst schwere Glocken gehangen haben mußten, mittlerweile im Krieg geraubt oder eingeschmolzen. Dick tastete nach dem Knopf oder der Schlaufe oder was immer ihren Rock zusammenhielt. Sie streifte ihn selbst für ihn herunter und schob ihn mit einer Bewegung weg, die fast ausgelassen wirkte. Ihre langen blonden Haare waren in einem einzigen Schwall herabgefallen. Immer wieder bekam er unfreiwillig eine Strähne in den Mund. Er führte sie zur Wand mit ihrer uralten Turmluft und drang äußerst langsam in den bereits sehr erwartungsvollen Teil ihrer Person ein, der ihn schon den ganzen Morgen stark beschäftigt hatte. So sehr, daß diese Vorstellung den anderen Gedanken verdrängt hatte.

Würde sie mich bitten, es morgen zu tun, wäre es zu spät. Morgen ist alles zu spät.

Zwei schwere Vögel flogen nah an den Türmen vorbei, majestätisch, mit nach hinten gestreckten Beinen und breiten, weitgespannten Flügeln. Anscheinend waren es Störche.

Auch gut.

Die Beerdigung in Stockholm wurde eine sehr schlichte Angelegenheit. Es dauerte eine Weile, bis Dick begriff, daß außer ihm selbst, der Pastorin und dem ziemlich beflissenen jungen Mann vom Beerdigungsinstitut noch ein Verwandter in der Kapelle draußen im Waldfriedhof war. Er saß so klein und grau und zusammengesunken in der Bank, daß Dick ihn während der ganzen Zeremonie nicht bemerkt hatte.

Erst als der Sarg wieder hinausgebracht wurde, schloß er zusammen mit Dick dahinter auf. Und erst nachdem der Sarg in die Erde gesenkt worden war und die Pastorin ziemlich schablonenhafte Abschiedsworte gesprochen hatte, stellte sich der kleine graue Mann vor. Es war sein Onkel Åke. Dick wußte sofort, daß er ihm schon einmal begegnet war. Doch das war so lange her, daß es kaum eine Ähnlichkeit gab zwischen dem Erinnerungsbild und dem Menschen, der jetzt vor ihm stand. Es war der blonde junge Mann in Latzhosen, der im Jahr 1939 mitgeholfen hatte, das Sommerhäuschen zu bauen. Der immer nach Harz und Hobelspänen geduftet hatte. Dieser blonde junge Mann war jetzt ein gebeugter Greis. Und es war nicht leicht zu verstehen, wie das geschehen war.

Im Sommer neununddreißig war Åke auf dem Dach des Sommerhäuschens herumgekrochen und hatte Teerpappe ausgerollt, die in der Sonnenglut stark nach Asphalt duftete. Ein schwerer Job an diesem fernen, heißen Sommertag. Der letzte Friedenssommer. Der erste Sommer, in dem Dick erkannte, daß er ein Mensch war wie alle anderen.

Åke hatte damals eine Verlobte dabei, ein blondes Mädchen namens Britt. Der seit jeher geruchsempfindliche Dick hatte sich ihr angeschlossen, weil er entdeckt hatte, daß sie gut roch, besonders unter den Armen. Und war deswegen von Mama und Papa und Åke und dem alten Maurer ein bißchen gehänselt worden.

Da die Pastorin keine Zeit hatte, mit ihm Kaffeetrinken zu gehen und Dick nicht daran gedacht hatte, etwas dergleichen vorzubereiten, schlug er einfach vor, sie sollten einen Imbiß im Friedhofscafé nehmen. Das war gar nicht so einfach, wie sich herausstellte. Alles war für Begräbnisgäste reserviert.

– Wir fahren rüber nach Bajen, sagte Åke. Da gibt es ein Café. Komm nur mit mir.

– Hast du denn ein Auto?

– Klar.

Dick fragte sich, wie ein so alter Mann im Stockholmer Verkehr mit dem Auto herumfahren konnte. Åkes Auto erwies sich als ein alter Dodge Pickup, direkt vor dem Friedhof ziemlich nachlässig geparkt. Er fuhr ruhig und aufmerksam und brachte sie hinüber nach Hammarby, wo er einigermaßen überraschend unten am Strand vor dem Café eines Segelklubs bremste. Es war eine Ecke von Stockholm, in die Dick in all seinen Jahren in der Stadt noch keinen Fuß gesetzt hatte.

Hier war es recht ruhig um diese Tageszeit. Die meisten Gäste trugen einen Overall.

– Du lebst in Amerika?

– Ja. Schon ziemlich lange. Aber ich komme viel herum. Bis Anfang der siebziger Jahre war ich Teilhaber einer Werbeagentur in Stockholm, aber dann bin ich ausgetreten.

– Wie ist es denn in Amerika?

– Ehrlich gesagt, ich weiß es nicht. Es ist sehr groß. Ich sitze nur in einem kleinen heißen Winkel, wenn ich nicht im Flugzeug sitze. Und was hast du so gemacht? Als ich dich das letzte Mal sah, hast du das Sommerhäuschen mit Teerpappe gedeckt. 1939.

– Ja. Ich erinnere mich an dich. Du warst damals noch ein ganz kleiner Bub. Aber du wolltest immerzu aufs Dach. Wir hatten Schwierigkeiten, dich davon abzuhalten. Du warst erst vier.

– Wie war ich als Vierjähriger?

– Sehr aufgeweckt. Und neugierig. Annika hatte Angst, du würdest dir weh tun, so wie du herumgerannt bist und überall hingefaßt hast.

– Sie war immer recht ängstlich.

– Das war sie.

– Hast du sie noch oft getroffen?

– Wir haben letztes Jahr ein paarmal telefoniert. Nach Brittas Beerdigung.

Dick erinnerte sich plötzlich. Die älteste Schwester, Britta, war im Winter zuvor gestorben. Offenbar hatte es einen Erbschaftsstreit gegeben. Die Erben ihres zweiten Mannes, die Kinder aus erster Ehe, hatten sich betrogen gefühlt.

– Sie konnte einem leid tun. Sie war ziemlich einsam.

– Ich weiß. Außerdem hörte sie schlecht.

– Sie war schon als kleines Mädchen sehr schüchtern. Sie lief immer weg und versteckte sich, wenn Besucher auf den Hof kamen. Sie kam erst wieder zum Vorschein, wenn sie gegangen waren.

– Es ist sonderbar, wie wenig die Menschen sich verändern.

– Nicht alle.

– Was machst du denn jetzt so?

– Ich? Seit den sechziger Jahren habe ich keinen Schlag mehr getan. Ich bin Rentner. Zuerst war ich Frührentner, jetzt bin ich richtiger Rentner. Zum Schluß habe ich Holzboote gebaut. Draußen in Vaxholm. Aber das ging langsam zu Ende. Und ich hatte es im Kreuz. Ja, du. Für einen wie mich ist das Rennen gelaufen. Manchmal fahr ich raus nach Solvalla und setz ein bißchen auf die Pferde. Das war's dann auch schon. Und hier geht ja wohl alles geradewegs den Bach runter. Man weiß einfach nicht mehr.

Dick suchte in diesem gefurchten Gesicht nach Ähnlichkeiten mit seiner Mutter. Aber er konnte keine entdecken. Ja, vielleicht in der schweren Form des Kopfes.

– Ja. Ich verstehe, daß du nicht viel tun konntest.

– Wofür?

– Für Annika. Wegen Amerika und allem.

– Ich habe sie gefragt, ob sie rüberkommen will. Sie wollte nicht.

– Ich will dir was sagen. Aber du darfst nicht böse werden.

– Ich werde nicht böse. Ich werde selten böse.

– Keins von den Geschwistern hat sie so recht verstanden.

Er erbot sich, Dick nach Arlanda hinauszufahren, doch der lehnte ab. Das war eine viel zu lange Fahrt für einen so alten Mann.

Er kam mit der Lufthansa an und stieg in Dallas in die American Airlines um. Das letzte Stück war das schlimmste. Das letzte Stück, von Dallas zum Austin Municipal Airport, war immer am schlimmsten. Wenn man nicht mehr die Kraft hatte zu lesen. Und der Whisky in der ersten Klasse fade schmeckte und keine andere Wirkung hatte, als daß er für einen Moment die Kopfschmerzen dämpfte. Man fühlte sich manchmal wie ein abgeschliffener Gegenstand, ein Stein, der allzu lange in der Brechungszone der Wellen herumgerollt ist.

Er dachte an Irena. Die er auf dem lächerlich altmodischen und viel zu kleinen Flugplatz von Leipzig verlassen hatte. Was für eine sonderbare Geschichte! Und was bedeutete sie eigentlich für ihn? Er hatte immer noch das unangenehme Gefühl, als hätte er seine Seele irgendwo unterwegs zurückgelassen. Möglicherweise in Herrn Tetzels großem schwerem Ablaßkasten. Sie hatten sich genauso leicht und unzeremoniell getrennt, wie sie sich kennengelernt hatten. Es ist ein bißchen komisch, dachte Dick. Als ich ein junger Mann war und wirklich zu einer Menge in der Lage, hatten die Mädchen meist ein bißchen Angst vor mir. Sie fanden, ich sei ein überspannter Typ. Oder vielleicht roch ich schlecht, wer weiß? Jetzt fallen sie wie reife Früchte, scharen sich um mich. Warum muß es so sein? Irena – ich könnte ihr Vater sein. Ich frage mich, ob so etwas eine Rolle spielt? Die drei Tage zusammen mit ihr waren ein

Paradies gewesen. Aber kein Paradies, in dem er sich lange hatte aufhalten können.

Das war vielleicht ein Teil der Definition vom »Paradies«.

Von Leipzig war ihm außer einem Café, in dem sie an einem der Tage zu Mittag gegessen hatten, und sehr langen elektrischen Straßenbahnen, die in alle Richtungen fuhren, Irenas schwach säuerlicher Duft in Erinnerung. Apfelduft. Leipzig war für ihn keine Stadt. Leipzig war ein Bett.

Das letzte Stück war immer am schlimmsten. Was habe ich jetzt eigentlich erreicht? fragte er sich.

Die Autonomie von Transdnistrien zählte nicht. Die werden sich behaupten oder untergehen, wie Gott will, mit oder ohne MacFarlane & Heidrich.

Und ich habe meine Mutter begraben. Nachlaßverzeichnis und Verkauf sind noch nicht erledigt. Aber ich habe diese Dinge unter Kontrolle. Bald wird alles unter Kontrolle sein.

Und ich habe eine Freundin in Leipzig, der ich eine richtig schöne Kette schicken will, vielleicht aus Silber, vielleicht Perlen, wenn ich etwas finde, das zu ihr passen könnte.

Auf dem letzten Stück über Travis Countys großen Seen, gekräuselt von der Brise des späten Nachmittags und mit Bugwellen von den vielen schnellen Motorbooten, die sich ausbreiteten wie Daunen von sehr feinen Federn, begann Dick zu überlegen, welcher Wochentag wohl sei. Montag, sagte seine Schweizer Armbanduhr. Und das mochte stimmen.

Montag. Da würde Eleonora kommen. Wenn in der Welt normale Verhältnisse herrschten. Eleonora. Er hatte ihr tatsächlich in den letzten Tagen nicht einen Gedanken geschenkt. Vielleicht traf es zu, was kluge Köpfe in Magazinen und Fernsehsendungen heutzutage gern sagten. Daß der moderne Mensch mehr und mehr fragmentarisiert werde und die Fähigkeit verliere, seine Aufmerksamkeit auf eine Stelle zu konzentrieren. Das war doch in dem Fall nicht schwer zu verstehen. Dick für sein Teil hatte eigentlich nie das Gefühl gehabt, er könnte seine Aufmerksamkeit lange auf eine Stelle konzentrieren. Und das hatte er nie als etwas Negatives oder Häßliches betrachtet. Es war doch im Gegenteil ganz natürlich, daß ein gesunder Mensch nicht immerzu auf denselben Fleck an der Oberfläche des Daseins starrte! Mußte man denn unbedingt jemand Besonderes sein?

Eleonora, ja. Ich habe sie wirklich sehr gern. Aber was soll ich bloß mit ihr anfangen?

Ich habe ein Fenster geöffnet und dann zu schnell wieder geschlossen. Was ich sah, zeichnet sich in mir ab wie das Negativ eines Fotos. Jede Geste, jede Liebkosung, jede Umarmung ist da. Und wird nie mehr verschwinden. Etwas hat sich aufgetan. Vielleicht ein Licht. Aber es war nicht für mich bestimmt.

Ich habe bald mehr Erinnerungen, als ein Mensch normalerweise gebrauchen kann, dachte er. Und ich hoffe wirklich, daß sie nicht meinem Rat gefolgt ist, sich in meinem Haus zu verstecken. Herrgott, was soll ich mit ihr anfangen? Sie ist ein total fremder Mensch. Was soll ich nur mit ihr machen?

Die Maschine landete pünktlich und hatte Glück. Die Luft war ungeheuer schwül. Es würde bestimmt ein Gewitter geben. Später am Abend. Das texanische Sonnenlicht blendete immer sehr stark, wenn man nach einer solchen Europareise, einer Herbstreise, ausstieg.

Und dann sein Gepäck finden und in die Hitze hinaustreten, die Straße überqueren, um ein Taxi zu nehmen. Darin roch es stets nach alter Feuchtigkeit und Schimmel. Nach einer so langen Reise wird man immer eigentümlich geruchsempfindlich. Es hat vermutlich mit der Erschöpfung zu tun. Man hört schlechter nach all dem Flugzeugrauschen, man sieht schlecht, wenn man in seiner Brieftasche nach etwas suchen will, aber man wird immer empfindlicher für Gerüche. Es ist, als würden ältere Sinnesorgane in Kraft treten.

Was er gegen dieses Taxi hatte, war nicht, daß der Fahrer so schmuddlig roch und daß der ganze Wagen einen eigentümlichen Duft nach Pilzkultur ausströmte. Auch nicht, daß der Mann nicht die geringste Ahnung von Straßen und Wegen im Zentrum von Austin hatte. Es schien sogar, als wäre ihm die Stadtautobahn MOPAC, gebaut am Ende der sechziger Jahre, ein gänzlich neuer Begriff. Dick Olsson hatte auf dieser Reise wirklich kein Glück mit Taxifahrern. Nein, was Dick eigentlich gegen diesen schwarzen, wortkargen, ganz und gar glatzköpfigen Taxifahrer hatte, dessen blanker Kopf trotz der

Klimaanlage von Schweißtropfen glitzerte, war, daß er viel zu langsam fuhr.

Dick wollte nach Hause. Und es war das erste Mal in vielen Jahren, daß er an eine Wohnung als Zuhause dachte.

Es war tatsächlich Montag.

Würde sie dasein? Es gab einen Hoffnungsschimmer, den aufzugeben er sich ganz einfach weigerte. Dick Olsson dachte: Daß ich das schließlich noch erleben sollte: wie es ist, einen anderen Menschen ernstlich zu lieben. Und nicht bloß so zu tun. Und die Feuer der Obdachlosen an den Straßenecken erlöschen, eins nach dem andern.

Vorsichtig öffnete er die Tür. Einen Augenblick meinte er den Duft der Fremden ganz deutlich wahrzunehmen. War sie wirklich hier drinnen? Oder war es der Duft der Verschwundenen, der für einen letzten Augenblick in diesem noch dunklen Raum schwebte, um sich dann für immer zu verflüchtigen? Wenn er Mut schöpfte und einen einzigen weiteren Schritt in sein eigenes Haus hinein täte, würde er es gleich erfahren.

Lars Gustafsson im dtv

»Verzauberung durch einen literarischen Rastelli.«
Die Zeit

Wollsachen
Roman · dtv 1273
Lars Herdin ist ein guter Lehrer, aber ein Außenseiter, der an seiner Isolation und an seiner totalen Liebesunfähigkeit leidet.

Nachmittag eines Fliesenlegers
Roman · dtv 11774
»Gustafsson ... zieht mit dieser virtuosen Parabel über die Sinnfrage auch eine Bilanz seiner eigenen Schriftsteller-Arbeit, beharrlich und versonnen wie der Fliesenleger.« (Der Spiegel)

Das seltsame Tier aus dem Norden und andere Merkwürdigkeiten
dtv 12120
Der Raumlord gleitet durchs Universum und langweilt sich. Also läßt er jeden seiner acht Admirale eine Geschichte erzählen ...

Die Sache mit dem Hund
Aus den Tagebüchern und Briefen eines texanischen Konkursrichters
Roman · dtv 12560
Eines Tages macht Konkursrichter Caldwell diesem widerlichen Köter aus der Nachbarschaft kurzerhand den Garaus ... Ein komischer Roman über Zufälle und Abgründe, über das Böse und das Gute, über das Erinnern.

Geheimnisse zwischen Liebenden
Roman · dtv 12733
»Gustafssons Roman ist das präzise gearbeitete Psychogramm eines Zögerlichen, der eigentlich lieben möchte, aber immer wieder bereitwilligst ausweicht... Eine großartige Karikatur des männlichen Liebes- und Glücksverhaltens.« (Pia Reinacher im ›Tages-Anzeiger‹)